主编 凌翔

留一叶荷在心间

谭丽琼 著

中国民族文化出版社

北京

图书在版编目（CIP）数据

留一叶荷在心间 / 谭丽琼著. — 北京：中国民族
文化出版社有限公司，2022.9
ISBN 978-7-5122-1623-5

Ⅰ.①留… Ⅱ.①谭… Ⅲ.①散文集－中国－当代
Ⅳ.①I267

中国版本图书馆CIP数据核字（2022）第180096号

留一叶荷在心间

LIU YI YE HE ZAI XIN JIAN

作　　者：谭丽琼

责任编辑：张　宇

责任校对：李文学

出 版 者：中国民族文化出版社　地址：北京东城区和平里北街14号
　　　　　邮编：100013　联系电话：010-84250639　64211754（传真）

印　　装：三河市金元印装有限公司

开　　本：889mm×1194mm　16开

印　　张：12.25

字　　数：120千

版　　次：2022年11月第1版第1次印刷

标准书号：ISBN 978-7-5122-1623-5

定　　价：49.80元

目 录

第二辑　人品等于财富　奉献等于储蓄

第三辑 生命成长 磨砺心性

第四辑 看见喜悦 看见财富

第五辑　快乐起点　觉察世间

第一辑

静观万物 一如初见

水

一滴水就是一个世界。

水是最有智慧的。老子说："上善若水，水善利万物而不争，处众人之所恶，故几于道。"上善之人，具有如水般的品格，水滋养万物而不与万物相争，它总是处于低处，故最接近于道。

水是柔和的。它默默地流淌，流向干枯的心田，流向需要滋养的树木花草，流向江河，中途，遇到礁石，绕道而行，鲜与礁石正面冲突，它就像打太极拳般，慢慢迂回，绕转，轻轻推送，沉静柔软。如此，水从来不会受伤，因为，它不争，它懂得忍让。人如果学会水的品质，应该不会出差错。

万物都离不开水。人每天要喝水。一天不喝水，会是何种境地？无法想象。当你是一片即将干枯的树叶，遇到一滴水时，是怎样的感觉？那滴水，岂止是甘露，简直就是救命稻草。当一溪水流进久旱的稻田；当在一个干旱久未下雨的地方，突然天降大雨；当你经历干渴，得到那一口的水……

我看到树木笑了，草笑了，稻田咧开嘴欢喜雀跃，人们脸上带着最美的笑容在天地间起舞。我看到，河水欢腾着奔跑着，那种欢喜，不言而喻。我看到，万物对水的珍视与依赖，不，水与一切万物融为一体，无法分割。我看到，一滴晶莹剔透的水，滴落在树叶的边缘，当你静下来凝视那滴水，你会发现，整片树叶都映在水中，美轮美奂。继而，你会发现，你也在水中。一滴水，包罗万象；一滴水，映射一个世界。

水是大自然对人类的恩典，是珍贵的。可是，我们觉得水太平常，因为，到处都有水，都可用到水。因为随处可见，所以，不觉得稀奇，特别是在雨水充足的南方，或许觉得水利资源很丰厚，人们感觉不到水的珍贵。

可是，那年，在甘肃，让我真切感受到水的珍贵。那里年降水量在400毫米左右。下雨对那里的人来说就像下金子般宝贵。我们是一群将要徒步沙漠的行者，组织者号召我们在这，要节约用水，尽量不洗澡。虽然宾馆房钱是我们自己付的，但水资源是有限的，是子孙后代的。于是，我们在那么炎热的天气里，在甘肃，几天没洗澡，只是擦一擦，用一点点水。

后来了解到，水利部门统计，全国669座大中城市中有400座城市供水不足，108座城市严重缺水。洗衣洗脸浇地等都要用水，水离我们这么近，谁曾想过水会这么稀缺。节约用水迫在眉睫。

我现在开始习惯节约用水，洗脸的水留下来冲洗厕所，洗澡时间不会太久，尽量用手洗衣服，这样会节约用水。那年，老师带着我朝拜梅里雪山的时候，途中，经过一条清澈的河流。老师便站到水边上的一块石头上，对着河水，默默许愿。我猜想老师在许什么愿，于是，便也学着，默默许愿。愿我的余生能节约每一滴水，用好水。祈愿水能洗净尘世间的污垢，带给人们清凉，能像清风那般扫去人们额头上的愁云，让心像水那般清静。

水有水的语言。

《水知道答案》这张光碟，讲的是日本江本胜博士对水做的一个实验。这是全世界都有名的一个实验。这个实验带给人们无比的震撼。当你对着水说一些谢谢、祝福、我爱你等正能量的话时，水分子会形成非常美丽的结晶，呈现出一个个美丽绝伦的图案。而当你对着水说"我讨厌你，我恨你，你很丑"等负面话的时候，水分子则呈现出扭曲难堪的一面。这就告诉人们，水是能接收到你或者周围环境传递给它的信息。而人的身体里有 70% 是水组成的。那么，当你常常置身于嘈杂、混乱、怨恨等不好环境或气场里的时候，当你的内心在充满着抱怨、愤怒、恐惧、憎恨的时候，你想想看，你身体里的那些水分，会呈现一个什么样的状态，可能是变形、扭曲到无比难堪的状态。如此，健康的身体从何而来？欲想健康长寿，调身更要调心。

我从小是在洣江河边长大，从小学到高中，每天都要沿着那条江边走过。一直记得那个在"铁牛亭"里照相的女子。一辈子，她哪里也没有去过，每天只是面对一江水，把铁牛当椅子，把古城墙当靠背。从早到晚，从春到夏，从秋到冬，只带着一个相机，照的是永远的同一个背景。我很诧异她的脸上为什么总有一副那么满足的微笑？诧异几十年过去了，她怎么还依然静守在那里，静守在江边，像铁牛一样屹然不动。或许，是水的品性磨砺了她，让她具备水一般沉稳的性子。

水是丰富无比的。它像一位美丽的年轻女子，变换着不同的形式呈现着不同的美。清晨，它变成露珠，一滴滴，映照着这个世界；在树林里，它又变成泉水，"叮咚叮咚"唱着动听的歌谣，让听到的人内心清凉透彻；冬天，它又变成美轮美奂的"冰雕"，一个银白的世界，留给世人无比的惊叹。

水又常常变化成雨，细细密密地从天而降。喜欢下雨天，隔着窗户，听雨水敲打窗户的声音，或者，撑一把小伞，在雨中慢慢行走。不说话，沉默着，只听雨降落在树枝、大地上的声音。忽然觉得自己无比丰足，要什么有什么。你看，要雨就有雨，要树就能看到树，要花就能看到美丽的花，要吃新鲜的蔬果，就能吃到。大自然的恩典，如此丰厚。还有什么不知足呢？水是大自然的一部分，它总能以不同的形式滋养着这个世界的生灵，又能带给人们无尽的美好，洗尽尘垢，轻抚着人们头上的愁云，唤醒着人们迷失的性灵。它以无声的形式诠释着大自然的真理与规律。水像一位充满智慧的老者。它是智慧的化身。

面对一杯清澈透明的水，透过它，你还能看清自己。自己的面貌，自己的心性，你是清净的，还是欲望缠身、烦恼重重的，水映照得清清楚楚。

我喜欢走进水的世界。那天，与几个朋友一起走进茶陵县高陇镇龙匣村的石窝潭。我被眼前的景象震惊了：水流很急，它流进一个堤坝，从上滚滚而下。堤坝像一幅钢琴架，水流像钢琴里弹奏出来的美妙曲子，它飞扬着，奔跑着，如此欢快，如此清爽。水珠又像一粒粒珍珠，它一直往前跑，我听到了它欢喜的脚步声，像小孩，无所顾忌地撒野奔跑。我驻足停留，凝神注视。清澈的响声，在这个乡村，在绿叶草木中，在这个炎热的夏天，让人感觉特别舒畅通透。走下去，去触摸一下水，水很清凉。再走到树荫下，闭上眼，听水声，听出一片静谧。同伴们说笑着，相互留影。后来，我在那个村庄慢慢走着，发现小溪无处不在，那里的古树枝叶茂密，郁郁葱葱，古树的前方就有小溪流过。想必，因为有了小溪的滋养，才有了树木的茂盛。连菜叶也是嫩绿嫩绿的，想必也是因为有水的灌溉吧。

水又能变成美丽的瀑布。那年春天，与同事们一起相邀走进村庄，走进草地，走进树林，走进了茶陵秩堂镇龙江村，去看瀑布。我们就像一群久困笼中终被放飞的小鸟，一路欢歌笑语，一路放松。岩子龙瀑布在前方召唤着我们。沿着小路，我们闻着青草、鲜嫩树叶的清香，凝望远处郁郁葱葱的树林，欣赏长在树木上像小喇叭一样的木耳，触摸坚固的岩石，拥抱古老的树木，倾听悦耳动听的鸟声

"哗哗，哗哗……"听，瀑布的声音。

"快看啊，瀑布出现了！循着同事的惊叫声望去，直见银白色的瀑布沿着青筋墙石倾泻而下，积聚的雨水，使这个瀑布累积了大量的能量，在我们凝视它时，它像汹涌的浪涛正急着奔向远方。一丝丝，像女人浓密的发丝，一阵阵，像奔涌的海浪，旁边的绿叶树陪着它欢笑。对，还有七彩阳光的普照。当我们

克服种种困难，从山那边走近瀑布时，我们看到的又是另一番别样的景致。晨曦的七彩阳光，将银白色的瀑布环绕包围。有竖直的七彩光，有环绕的七彩光，一环一环，从上到下，围绕着，照耀着，映衬着那片白，美得令人窒息。

瀑布声响彻整个山间树林，响彻云霄。走近，触摸，水溅落在我脸上，凉爽舒适。干脆，找一块青石，静坐下来，好好闭眼聆听享受。一种静谧，深入心底。如果是一个人来，我真想守着这条村庄瀑布，守着这块青石，静坐一整天，让心，好好与大自然连接，连接来自大自然纯正的能量。后来一路沿着瀑布流经的地方返回。没想到，展现给我的又是一种绝妙的风景和不一样的体验，看，瀑布垂直而下，在两边灌木丛林的相伴下，流经着一块块青石。我在一块很深的水潭边停留下来。水在这里凝聚起来，水潭很深。水在这里变成了浪花，涌动着，形成了一幅幅美丽的图案。我拍摄下来，翻开细看，有的像晶莹剔透的雪花，有的像晨曦的海浪，潮水般翻滚着。这一深潭的水，在两旁大青石的守护下，尽情展现自己的美。

在漂流中，与水融合

是的，我准备漂流了，每六个人坐在一个小船上。

河道大部分是缓和的，河两岸是一个小岛。岸边有树木、花草，还有提供椰子汁与香槟红酒的本地人，有供奉神的洁净圣地。那个岛上的人们大多都有自己的信仰。

漂流之前，我是有点恐惧的，因为我胆很小，怕急流急弯。

于是，刚上船时，我就在心里默默地与水沟通，我说：河水啊，河水，我是有点害怕，请你帮助我让这种恐惧之心慢慢消除，好吗？

起先遇到急流时，我是既紧张又害怕，后来，我放松下来，再次遇到激流时，我让自己的身心顺着激流流淌，意识完全放松，当我与急流保持默契，试着与它融为一体时，急流在我眼里，也变得特别温柔起来，我享受着在它怀里飘荡的感觉。

这段经历给了我一个深刻的启迪：恐惧其实是自己想象出来的，恐惧是表象，当心放下，爱万物，与万物融和，一切都会变得平顺、自然。

我不是一直在追问我是谁吗？那么，当我与水融合时，我是不是水？当我与树拥抱，感受树的伟岸时，我是不是树？当我在大海里沉浮，看到大海的包容与博大，我是不是大海？当我触摸大地、泥土，内心感到非常的祥和宁静时，那我是不是大地、泥土？当我闻到花草的香味，异常欢喜时，我是不是花草？

一花一草，一木一石，都是一个一个灵气的存在。当我去感知，从对它们的触摸中受到启迪时，那这些事物，是不是就是真我的投射？

我在体验中觉察着真我的存在。水能带给我启发，万物能带给我启发。生命在体验觉察中悄然成长。

土

土是平实的。每当站在一片黄土地面前，凝视着那块土时，在世俗中沉浮的心会立刻变得平和。原来土是有能量的，它能平复你内心的焦躁不安。它默默无语，却力量无穷。

有人说，男人是天，女人是地。地蕴育着一切，承载着万物的盛开与衰落，容纳着一切风霜雨雪的洗礼，将所有的美好呈现给世人，又包容着所有的悲欢离合。每个人都离不开土。生，在这块土地生，死，也回归泥土，即便是洒落大海，海底也必定有一片土地承载。

走路，在土上，开车，在土上，坐飞机，也是始于平地。高楼大厦从平地起。你飞得高，是你脚下的土地站得稳。土最广阔也最卑微。到处都有土，土无处不在。可是，人人把它踩在脚下。你想在这块土地里播种什么就播种什么。土地听从你的调度与安排，但，土也是最诚实的，种瓜得瓜，种豆得豆。你撒下什么种子，就收获什么果实。它像一张天大的白纸，各种图案，各种美，全部听从智慧大脑的描绘与耕耘。走进一片菜地，菜地里的白菜、辣椒、茄子、西红柿、丝瓜、黄瓜、冬瓜等就是你播下的种子收获的果实，是大地对人类无私的奉献。就是路边的小草，各种盛开的美丽花朵，万物的生长，也离不开土，也是大地的奉献。它又变换着不同的形式满足人们的需求，你看，我们住的房子，也离不开土，土被制成砖，再把一块块砖砌成一栋栋美丽温暖的房子，为人们遮风挡雨，给人们安宁舒适。

土的胸怀无比宽广。不管人们如何践踏它，它都默默承受着。

那是一个阳光明媚的上午，我与一群文友走过一条老街。青石、土砖、清朝时期的房子，静静安立在那里。听老人讲，这里曾是早前最繁华的地段。有文人的通道，叫"文星门"，武人的通道叫"迎董门"。还有"文昌宫""忠义祠""先医庙""文庙"等。这块土地，曾留下过多少人的血泪、心酸。人不在，物犹在。土地不说话，土地记载着这一切，见证着这一切的繁华与变迁。文友说，就是看到那一个个门，一条条街道的名字，就很惊叹古人的智慧。是啊，我们的祖先，是最有智慧的祖先，我们有着五千年的优秀传统文化，应该为自己生长在这块土地上而感到自豪，为自己智慧的祖先而骄傲。轻轻踏在这块长满青草的土地上，心开始感到异常厚重。举目望去，对面的江河，一直静静地流淌着，河水也不说话，但它懂。它与土地一直守望着，见证时光，见证历史。

我喜欢欣赏古老的树，树叶郁郁葱葱，树根牢牢扎根土地。它与土地紧密相连，几十年，几百年，风吹不倒，雨雪压不垮。因为，它的根已经与土地融为一体，根系甚至延伸到很深很远。偶尔，我会与几个朋友到乡下，在古老的树下，凝视着古树那粗壮的根，像张开的网，连接着土地，无限蔓延。我们惊叹着，感慨着！人们赞叹着参天大树，可是，离开土地，如何成就古老的树木？参天大树，从一粒种子开始，在土地里酝酿萌芽，一点点长大，它吸收着来自土地的营养，开始茁壮成长。土是根，没有根，哪有树，哪有你我。滋养树木，就先滋养根，根深则叶茂。

十月怀胎是在母亲的子宫里，母亲的肚子就是滋养你的土壤。你与母亲血脉相连，生出来，就开始在土地里慢慢长大，一直到老，都离不开土。土是最伟大无私的母亲。"为什么我的眼里常含泪水？因为我对这土地爱得深沉……"诗人艾青的肺腑之言与无数的文人墨客、华夏子孙产生共鸣。臧克家也曾写过一首名为《三代》诗："孩子，在土地里洗澡；爸爸，在土地里流汗；爷爷，在土地里埋葬。"

当你伸手去抓一块土时，你会触摸到它的温度。静静趴在土地上，常常能感知到它的脉搏，听见它的心跳。一直记得军营生活里的一次拉练。当我与上万个官兵一起，背挎包水壶，肩扛枪，日夜行走，跨过河，经过山，走过田野，穿过一座座村庄。风里走，雨中行。不怕艰难险阻，浩浩荡荡一路走过之后。中午，我们走到了一块很大很平实的庄稼地里，部队停下来休息。我凝视着那块地，看着村民在地里收获着一堆堆的土豆。我欢呼雀跃，似乎骨子里与生俱来就热爱那块土地。没有约定，就是爱着。我四处走着，看着，心无比沉静。忘记了要休息调整，忘记了身体的疲惫不堪。后来，我就干脆躺在土地上，与土地近距离连接。看着土豆，感知到土地的神奇。二十多年过去，很多事已经淡漠了，可是对那块土地的记忆一直鲜活在我心底，从来没有忘记过。

土是神圣的。有人用土塑成各种不同的佛像，让人们顶礼膜拜。

前不久，去了井岗山，在那个博物馆里，无数革命先烈的名字密密麻麻刻满整个房间，我看到了自己的家乡有上万个革命烈士的名字刻印在那里的墙壁上。原来生养我的这块家乡的土地上曾流下过多少革命烈士的献血啊。要珍爱现在来之不易的幸福，珍爱这块土地。

土有土的语言，土不说话，但处处在向人们展示真理。土是最富有的。寸土寸金。土地里有无尽的宝藏。在农村，春天，当泥土被一遍遍翻滚着的时候，就知道，农民要在松软的土地里播种稻谷的种子，秋天，再收获金灿灿的稻谷。

　　三毛说："每个人心里一亩一亩田，每个人心里一亩一亩地。"用它来种什么？种花？种草？种桃？种梨？你播种什么就收获什么。并且，收获会扩大。因为有时间的价值，有阳光雨露的滋养，种子会开花结果。

　　那么，多播种一些良善的种子，将来开满良善的花朵。

　　种下一点点红，一点点绿，将来收获大片的红，大片的绿。

　　种下希望的种子，收获灿烂的明天。

　　种下孝敬的种子，将来收获子孙对自己的孝顺。

　　每个人种下一棵爱的种子，世界会变成爱的天堂。

雨

　　雨是精灵。一滴一滴，淅淅沥沥地滴落下来，滋润万物，清洗尘埃。世界由此变得更清晰，万物因此而得以更好地生长。雨是上天赐予人类的恩典。雨珠像一个淘气的孩子，它停留在树叶上，晶莹剔透，整个树叶都映射在一滴雨水中，一滴水又映照着整片叶子，美轮美奂。一滴水，就像一个宇宙的浓缩，像一颗心。整个世界都映在其中。

　　雨是善变的，"滴答滴答"，像孩子银铃般的笑声，它迈着轻盈的脚步，带着一丝难忘的童趣，奔跑着，给沉闷的大地新的生气与活力。

　　记得一次下乡检查中，看到一个平整干净的四合院里，一个木桶盛满了刚接的雨水，我凝神聚气地盯着这雨水、木桶，心开始变得异常静谧而欢喜。雨水与木桶，多么完美的结合，都带着上天的灵气。而后被喜欢灵气的我捕捉到，这一刻的遇见，就像一颗干枯的心得到了甘露的滋养，那份感恩与激动，只能用默默凝视来表达，无须言语，也无法道尽。我看到木桶里的雨水清澈见底，又无比深邃，像幼儿的眼睛，那么明亮纯净。"以后，我也要买一个厚重的木桶，放在天地间，在下雨的时候，接雨。"那天，我的内心就开始有这些波动。雨中有诗意，雨中有真境。心是无限的，心可以接纳一切的美与灵气，包罗万象。把万物的灵气与智慧都吸纳进一颗心里，让心永保年轻与活力，让心开始能够学习万物的品质，拥有万物的智慧。当你深入，你的心会变得柔软而谦卑。

　　喜欢听雨声，喜欢听雨敲打窗户的声音，常常在下雨的午后或黄昏，什么也不做，只是闭着眼，听雨声。心渐渐沉静下来，整个世界只有雨声与自己的内心。我们融合着，心随雨而舞动。"君问归期未有期，巴山夜雨涨秋池"，唐代李商隐的《夜雨寄北》，诉说着诗人对亲友的深深怀念。"千里莺啼绿映红，水村山郭酒旗风。南朝四百八十寺，多少楼台烟雨中。"唐代杜牧的《江南春》穿越时光的隧道，江南朦胧迷离的美让人久久回味。

　　闭眼听雨声，雨细细绵绵，夹带着各种思索，有欢快的，有思乡的，有忧患的，有祈祷的，有祝福的，有哀怨的。于是，我看到了一个个灵魂，看到了自己，也看到了别人。看到了现在的，过往的。在雨声中，我感受世道的轮回。思念起过世的祖宗，追忆起离世的亲人，我看到了他们的音容笑貌，生前如此灿然，死后又飘落在哪里？我不知道，可我多想知道，他们到底在哪里？一切都好吗？

　　在雨声中，我反省自己，思索人生。生命在呼吸之间，瞬间就会消失无踪影，任何无价值的思索都是妄念。要给一切都赋予一定的价值。不能空耗时间。

　　喜欢撑一把花伞静静漫步于细雨中，让细雨清洗自己麻木的头脑，浑浊的内心。让细软的雨丝飘进心田，清理内在的污垢，让其开出洁净的花。雨只是默默地做着这一切，它从不标榜自己有多大价值，有多伟大，可是，它润物细无声地滋养着所有。

　　我特别喜欢慵懒地靠着沙发椅，打开阳台边的房门，耳边传来外面细雨纷飞的声音，手拿一本喜欢的书。读书、听雨，特别是八月份桂花飘香的季节，一边听雨，一边闻桂花香，深深吸气，全身细胞无比喜悦安然。沾着雨丝的桂花香，让人着迷。这一切，因了雨水的滋养，变得又不一般。恍惚间，突破了时间空间的限制，一切都寂然，一切又能触摸得到。享清福也莫过于此。此刻，你最好选一本精致的、自己喜爱的散文来读，此刻，你又最容易与作者心灵相通。心与景相融，心与心相通，这种感觉，又岂是一个"妙"字能够道尽其真滋味？

　　下雨的冬夜，也有一种格外的美。身穿舒适的棉袄，一家人围坐在电火炉旁，外面大雨滂沱，像要清洗人间白日留下的一切污垢。我们一家围坐在一起，说笑，彼此温暖着彼此，雨把窗户拍打得哗哗响，母亲一次次地去关窗户或去检查每一个房门。我握着母亲的手，搂抱着母亲，甜蜜美好。外面冷风冷雨，屋里情谊温暖灯火通明，这种反差也真让人回味无穷。

　　曾经为了给自己命一个带雨字的笔名，动用了远方特有才气的文友。他发信息给我："雨梦、雪雨、筱雨、幽雨、诗雨、晓雨、雨花、荷雨、心雨、雨树……你喜欢哪一个？"我看了一堆的雨，不禁莞尔一笑。文友的笔名也是一个带雨字的名字，非常好听又有意蕴，我很羡慕。心里想着自己的名字也要与他那灵透的名字接近！

　　我说我就用"雨晓诗"吧。隔一会儿，那边发来短信，"这样很容易与我的名字混淆呢，你看'诗晓雨'如何？"果然不同，对，就定下'诗晓雨'。你看诗与雨都是带灵性的，我非常钟爱。我就喜欢有灵性的一切。

　　这几天，雨一直下。白天，黑夜，无有停息。雨有它自己的节奏，它时而稀稀疏疏，悠远悠长，间隔又密集而下，之后倾泻倒入，猛然间，雷雨加闪电，变得更加猛烈，像汹涌的海浪咆哮着，发泄着，诉说着，又像要洗刷一切，洁净所有，让世界变得更加透亮纯净。大自然像一位超级伟大的演奏家，弹奏着一首首优美的钢琴曲。满足着万物的需求。

　　一滴雨水，对你来说，是很平常，甚至可以视而不见，可对于干渴的人或者物来说，它是金子，是可以换回一条命的。雨中蕴藏着大自然无尽的恩典。我看到，雨后的彩虹是如此令人沉醉，雨后的世界更加清明；我看到，树叶更绿，草变得更生机盈然，花儿更鲜，特别喜欢看雨后的青石上，一块一块泛着光，透亮透亮，一种深层的宁静祥和迎面而来。一草一木一石全然敞开沐浴着雨水的恩典，万物在雨水的滋润下，充满了无限的活力。

我喜欢细雨中撑一把伞，走很远的路去看河。路上，看到雨滴落在路面的水湖里，溅起一朵一朵小花；路边的小花小草，由于雨水的淋浴而显得格外清亮透明，个个精神抖擞，微笑着向我全然敞开；有的雨滴停留在没有枝叶的树枝上，整整齐齐排成一串，像是一个个跳跃的音符，晶莹剔透，美好如斯。到了河边，河水清冷，雨水投进河的怀抱，开心地跳跃着，舞蹈着，伴随着微风徐徐，水面上泛起阵阵波澜。我静静地走着，时而凝视河水，沉思静默。

木

　　我一直认为，质朴是木的本色。木头来自树木。树由一颗小种子慢慢长成，日日夜夜，其中，不知经历了多少风霜雨露的滋养，吸收了多少阳光的能量。一块木头，蕴含着大自然无限的能量。

　　在这个世界，木头转变成不同的形式服务着人类，默默无声。它变成家庭里用的桌椅、板凳、茶几、香盒、盖房子的木料、神龛、佛珠等，它又化成船，把一批又一批的人，从此岸渡到彼岸。人们在船上，欢笑着，悠然着。可是又有多少人会想到木？想到树？木，喜欢默默地奉献，无欲无求。当我走近万物，发现万物都是息息相关，紧密相连。生命相互依存，没有绝对的独立。你成就了我，我成就了你，彼此成就，彼此滋养。自己也是万物中的一份子，融入它们，我们是一体的。

　　静坐时大家不妨作一个这样的冥想：在一大片青草绿地里，一座金黄色的小木房，在清晨温和阳光的照耀下，显得如此静谧美好，前方，有一条河，河水在慢慢流淌着，四周的树木环绕着河面，守护着小木房。你从草地里轻轻走进木房，轻闻小木房里散发着的淡淡木香，而后隔着木窗，眼望绿草河水，心，沉醉着，深度沉静着……

　　喜欢闻木香。木香有一种天然的来自大自然的气息。似乎，那里面装着最原始的生命，能让你在世俗中沉浮的自己找回本来面目。常常在散步中看到树木，都忍不住要停下来拥抱它，将脸贴近树木，而后，深深地感受树木的气息。那年，老师带着我去朝山的路上，我惊喜地发现路边还有卖木头的，圆柱形，一小块，一小块。这下，我的心可欢快了。因为，我爱这些。我像小孩发现了宝贝一样，执意要买几个回家。同伴们很不解，问买个木头回去干嘛。似乎觉得我很好笑。老师轻轻问我，为什么要买这个。我说，我喜欢木头，买回家，一个放在办公室，一个放在家里，这样，我就是坐在四面白墙的水泥房屋里也能闻到大自然的气息。老师赞同我买了，一定是看到了我那颗晶莹剔透的质朴的童心，就像木头的心，朴实，却在默默闪烁着内在的光。

好喜欢那些木窗户、木门，木柱子，四合院的形状，那木头的颜色，是我爱极了的颜色，古茶色，纯粹、淡雅、清幽。清晨或午后，一缕阳光照射在院子里，这些木头散发着淡淡的光，自然光洁，不张扬，却又那么静美。就是刺眼的太阳一落到这里，也会变得温和起来。这不就是木的品质吗？平实、纯然，对面来的刺，也能吸收，最后，只让美好的磁场散发。

好喜欢那些坐落在小区、公园里、绿林间给人提供休息的木长板凳。清晨温暖阳光下，步行后，坐在小区木板凳上晒太阳，触摸着木凳，听着鸟鸣，看着嫩绿的草，心，宁静自在。夕阳西下，常常会看到一对对老夫妻静静地坐在或路边或园林的木板凳上，祥和安乐，似乎时间就此停止，一切都归于平静，没有欲望，没有挣扎，没有竞争，恢复到了人本来的状态，就像木板凳那般朴实、自在，无悲无喜，安然每时每刻。有时去爬山，我会特意坐在山间的木板凳上，凝视郁郁葱葱的竹林，聆听清澈的泉水声，舒展生命，觉察四周。在林间，木板凳与四周郁郁葱葱的树木互相遥望凝视，它们本来是一体，来自于同一颗心，只是外在呈现形式不同而已。

还有寺院里的红木柱子，高贵地发着光。大门两侧的智慧对联贴在木柱上，显得那么厚重。记得有一个清晨，在寺院里看到一只蜻蜓紧紧趴在大殿的古木窗上，纹丝不动，忽而展开美丽无比的翅膀，把我惊呆了，这是我第一次知道蜻蜓原来有这么长的翅膀。大殿内师父们的诵经声幽远美妙，蜻蜓几乎是全神贯注，我凝视它好久，它都不曾察觉我的到来。蜻蜓，你是在闻古木的香味，还是在倾听梵音？或许，你前生就居于此地，如今，一切那么熟悉亲切，你像找到了自己回归的家，久久，常常，来这里驻留。蜻蜓轻落在木窗上听诵经声，这是一幅怎样的画面？

闭眼，想想这些，心就开始沉迷，不只是欢喜啊，是骨子里的爱。

平时不舍得任意丢掉一张纸，通常，正反两面都要全部利用完。因为，纸是由树木制作而成。浪费纸，就是意味着要砍伐更多的树木。

木有疏密之分，但凡昂贵的木制家具，都是年代久远的古树木，几十年，上百年，甚至更久。用它生产出的产品显得别样的名贵。如金丝楠木，密度很高。在古代，只有皇家人员才可以使用，所以，通常皇族死后，会用金丝楠木打造的棺椁入葬。这种木头，60年后才进入黄金生长阶段。参天大树不是快速长成的。所以，不能拔苗助长，要顺应它的习性生长。拔苗助长的结果就是畸形。人也是如此。老子说："合抱之木，生于毫末；九层之台，起于累土，千里之行，始于足下。"慢慢走，稳稳地走好当下每一步。培养自己的正气，所谓正气内存，邪不可干。播撒良种，不问收获，只问耕耘，收获自然成就。楠木之所以是楠木，是因为播下的是楠木的种子，种瓜得瓜，种豆得豆。人要有自己的志向，志向不同，结果亦不同。

不同的树木有不同价值用途。有些树木的用处很多，既可做家具，也可做成人们喜欢的各种各样的木雕，还可将其花朵榨取的汁液加入面食，做成具有花香的食物。檀香木，呈黄褐色或深褐色，质地坚硬、细腻、光滑。香气醇厚，经久不散。檀香是由檀木精细制作而成。沉香的原料来源于沉香木。喜欢独自静坐时点一支檀香或沉香，放入或长形或圆形的木盒里，香烟一丝丝散开，像仙女的发丝，从木盒的小孔里徐徐升腾，弥漫开来。此时，心灵宁静淡然，世俗的事暂时抛却。开始在香烟缭绕中觉察别人与自己的人生，洞察自己的过失、人性的弱点，正面凝视、接受，再看着烟雾一点点在消散。感恩这些木头，给人类带来巨大的贡献，有形的，无形的，看得见的，看不见的，都在受益。

那天，在菜市场买菜，猛然发现有个老婆婆的摊子上摆着几小捆木头，我蹲下来，饶有兴趣地询问着，我不记得那叫什么木头了，只是非常清楚地记得老婆婆说这个木头是用来治病的，把它碾成粉末放入水中熬汤喝，专治女人的"月子病"。一元一根，我挑了大小一致的十根。心里异常欢喜，像捡到宝贝。一带回家，就插在瓶子里。喜欢木，不为治病，只为欣赏，只是一种发自内心的纯粹的爱。原来，木头可以治病。据说花梨木是我国最昂贵的树木之一，质感尤其好，且这种树木会散发出迷人的香气。此树木的药用价值非常高，将花梨木的木屑浸泡在水中饮用可降血脂，同时，对降血压也有神奇疗效。

那年，我从沙漠捡回的胡杨木，有的纤细，有的粗糙，有的是白色，有的呈灰色，形貌不一，却坚硬无比。这种木最耐寒热，想想，在干旱的沙漠能生长多年，靠的是什么？靠的是坚韧的性情与顽强的毅力！那沙漠里纯净的太阳光，赐予了这种树木别样的美，就是最小的枝干，也是那么硬气，并且，清清爽爽。艰苦的环境造就了非凡的气息。这可是我千里迢迢带回来的宝贝啊。我像个孩子般，欢喜地收藏着，并把它插在精致的花瓶里，摆放在石头后，如此一摆设，情趣怡然。

树木有无限能量。向上，它积极吸收着阳光雨露的能量，向下，它深深扎根大地，四面延伸，形成一个巨大的网状根系。大地有它依靠的乳母般的琼脂浆液，它吸收着，滋养着树枝树干。那年，在一个岛上，在一片片绿草地里，看到那些树根直接裸露在草面上，根很深很广，我不禁蹲下来，怀着一颗敬畏的柔软的心，细细抚摸树根。就像触摸历史的沧桑，整个身心感觉非常奇妙。厦门大学的树，树根细细长长，密密麻麻扎进土壤，枝繁叶茂，让我一下子联想到了莘莘学子，想到了父母、老师的恩德，那是我们的根。因为一直连接了这种根，所以，人才会那么优秀强大。忘恩的人，不知感恩的人，成不了大器。

看到古树木，全身心贴近，环绕。闭眼，想想树木的能量流经我，它身上扎根土壤的那份韧劲立刻就传递过来。练瑜伽时，有个站立平衡功，每次练这个动作时，我就想象自己的脚就是那扎根土壤的树根，这样一想，脚就开始变得又稳又有力量。

是什么品质就将其充分利用，把它摆在合适的位置。高贵有高贵的价值，低廉有低廉的用处。有人说，朽木不可雕也，可朽木真的不可雕吗？我明明看到现代的艺术家们化"朽木"为神奇的各种各样的创造，让枯木逢春。美国加州的一位艺术家，致力于将那些废弃的木头塑造成人像，给朽木一种全新的生命力，将枯木的美学发挥到了极致。腐朽的枯木，藏匿在深山老林里，静静地躺着，以鸟鸣为伴，青苔为邻，清澈悦耳的泉水悄悄流经它，阳光雨露滋养着它，孤寂的岁月打磨着它。它的苍老是一种绝美，不是吗？当多肉遇到枯木，鲜嫩与古苍，新与老的碰撞，风情万种，生命立刻容光焕发，世人为之惊叹！我有时会把掉落的小木杆捡回家，插在竹筒里，一种别样的美弥漫开来。而且，你会惊异，不管时光流逝多久，木头永远在那里，不动，也不会坏。

古木有古木的不凡，枯木有枯木的作用，最重要的是要把它们放在适合自己的位置。位置对了，方向对了，目标对了，生命都会尽显无限美好与生机。

云

　　云，最初给我的印象是自由、轻盈，缥缈的，像一位朦胧美丽的仙子，慢悠悠，轻飘飘，令人神往。

　　可后来我发现，云中有大千世界。云不是总是平静的。风雨来时，天上浓云密布，黑压压的，排山倒海般翻滚着。此时看云，像咆哮的狮子，像汹涌的海浪，它是要以另一种特有的威力来警醒作恶的人吗？还是它要提醒世间的人们，要懂得居安思危、反省自己？抑或是告诉人们无常随时会来临？于是，它一反常态，像孩子的脸，说变就变，琢磨不透。不！云有云的心思。只是你不懂它。云有时温柔似水，有时魔性大发。读懂云，是不容易的。

　　要想看到最美的云彩，雨先要下透。云就像一位贵人，要它展露风采，雨水先要充足。下了几天雨了，终于停了。有人算定今日云彩肯定非常好，何不登山赏云呢？

　　当晨曦初露，我们打着小电筒走到山最高点时，眼前的景象，令我犹如坠入仙境的感觉：天上的云一层层一大片从山底弥漫开来，青青的山脉被不断涌出的白云层层包围，一幅美妙的山水图画浑然天成，令人赞叹不已。白色的云像波浪、像白雪，给青翠的山脉披上一件洁白的衣衫，头顶只露出一点尖尖的绿。脚踩青山，眼望蓝天，悠悠飘逸。一会儿，太阳悄悄地从东方露出了红彤彤的脸。红白绿，多么协调的统一。

　　如果能够踩着一片云，飘飞一会儿，那该有多好。或者化成一缕清风，伴随着云，形影不离。

　　同伴们要去对面那座小山拍摄云。我没去，我就站立在山顶，静静地看山，看云，看大地。看得烦恼也散了，心也清净了。大自然就是有这种无穷的力量，它净化着你，感染着你。

　　云，像雾一样弥漫着，我站在古亭里看云山，对于山下的人来说，我在云边，对于云来说，我在脚下。

　　云是无牵无挂的，所以轻松自在。因为心里无挂碍，所以飞得远飞得高。我们身上因为背负的东西多，所以沉重。心上放下，事上尽责，如此，才能走得远，看得高。

　　看云，在云里思索。云中有大世界。我的心里也有一个大世界。

　　对云，有过几次深刻的记忆。最让我震撼的是相公山的云。那天凌晨五点多，就来到观赏相公山最好的位置。天还是灰蒙蒙的，一会儿，渐渐显露出桂林奇特的山脉，蓝蓝的天，云彩淡如水。等云，所有的人都在等云。似乎云像指挥官能调动千军万马。是的，云来了，映衬着青翠的群山，像给青山披上了一件纯净的白纱。

　　空中开始下起雨。我们各自撑一把伞在一个亭子的最高处等云。随着时间的慢慢流逝。云开始向我们展开了架势，演绎着行云流水般的奇异世界：云像一群专业舞蹈家，一身肃静的白，从天那边汹涌着聚集在一起，盘旋在一座座绿山四周，山因为云的来临，更显灵气天然。云聚集在群山四周，一幅气势磅礴的"山水画"因为云彩的多姿显得无比震撼人心。云轻柔如水，可是又力量无穷，似乎无人能敌。云无色，只是一片白，正因如此，却能令人无限神往。探索云的世界，是永无止境的。云在瞬息间变化无穷。我屏息观察，生怕错过了云的每一个细节。你看它一会儿聚集，一会儿又散开，一会儿来到山与山的中间，一层层，翻滚着，像一朵朵莲花次第开放；一会儿肃静淡雅，让人心灵明净。久久凝视云彩，纷繁的思绪会变得条理明晰，烦恼也渐渐远去。就像飘逝的云，烦恼也飘逝了。云，轻轻的，来无影，去无踪。无牵无挂，内外明洁。

云是最有智慧的老者。淡然，心中无事，来也匆匆，去也匆匆。大部分时间日子是平静的。或许，在平淡的日子里，云是在聚集能量。在天地需要的时候，再来一展风采。

云有千姿百态。

如果说在相公山上看到的云让人心情愉悦的话，那在南山寺看到的云则是震撼灵魂的。

那个午后，南山寺的上空，云聚集在一起，散发着无比光彩耀眼的光芒，白色白光，黄色黄光，绿色绿光，蓝色蓝光，百千光色，明耀显赫，像一个聚宝盆，里面有无穷无尽的宝贝。静静凝视云，看着它的变化，它的展现。我看到了一个奇异的世界，云的世界，大千世界尽在其中。这令我越加坚信，地球只是大千世界的一个点，这个点外还有无穷的美妙世界，那里是纯净、美好、自在、安乐的所在。

云以自己的种种形态，想告诉人们一个个真理。云的善变，是不是在告诉我们凡事不要太执着，执着就会迷失？是的，你能保证你执着的人、事、物会永远不变吗？往往此刻生，下一秒就会灭。

难道不是吗？昨日还在谈笑风生，今日人影不见；昨日还是好朋友，今日就翻脸不认人；昨日还恩爱如初，今日就人去楼空；昨日还有众人追捧，今日百遭冷落；时事变幻无常，今天聚会，明天分离，走的走，散的散。那些人、事、物不要太在意，经过了，就让其过去。让心装着该装的，装着能永久留存的。凡所有相，皆是虚幻。太当真，必定会让自己心力交瘁，又无法解脱。遇见只是一种要了的缘，该做的事照常做，该负责的照样负责，只是，心上要轻轻放下。如此心也轻，身也轻。

常常晚饭后去散步，前方有美丽的晚霞相伴。我边走边注视着它的变化。明明刚才还是红彤彤的晚霞，夕阳映红了半边天，倏忽间，夕阳就闪进了云朵里。浓浓的美丽云彩瞬即被黑暗笼罩，这让人无不感慨美好的事物瞬间会消失得无踪影。有时，我散完步，默默往回走时，漫不经意中回头，居然看到了无比美丽的云彩，心，坦然一笑。美丽在不经意中遇见。车子川流不息，人潮来来往往，那些人是否会像我一样随时关注着美好的一切，会留意云，凝视云的变化？

云的变化无穷，给我很多启发。我常常会自然地想到生死。佛理说，"身命动摇犹如水中泡，迅急灭坏必死应思维，死已如影随形黑白业，引起后果决定获不异"，这句话就像一个警示，它告诉你要思无常，怖恶趣，信因果。生命易逝，美丽的外表更会瞬间即逝，该要抓住生命的本质，回到本来面目。可我们似乎都停不下来，都在拼命往外追求。谁又会去想，外求是求不到的，就算求到了，又有谁会去深思"德不配位，必有灾殃"蕴藏的生命真谛呢？是日已过，命已随减。如少水鱼，斯有何乐？愿：珍惜命光，慎勿放逸。

鸟 语

三月，清翠的鸟鸣声频频入耳。倚靠窗户前，静心聆听。"叽叽叽叽"，欢快悦耳，像在唱一首悦耳动听的歌谣。鸟儿在门前树上跳来跳去，又像在寻找什么。我在想，鸟是不是饿了？于是，便抓来一把米撒向大地，留一把米在阳台角落，再把门掩上。不一会儿，鸟儿果然飞到我的窗前啄米吃，我想看着鸟吃，于是打开门，鸟听到有动静，就飞走了。

中午回家，米还在。晚上看，米吃了一半留一半。第二天清晨，我打开门，看米还在不在。放米的阳台墙角，米被吃得干干净净，一粒米也没有剩。原来，鸟是真的饿了。自此，我养成习惯，每天放一把米在阳台上。

疫情期间，我通过这种方式，与鸟沟通，与自然连接。

公司复工了，大街上开始人潮涌动。周末，清晨，我戴着口罩，装满两口袋米，走进家门口的树林。

好多的鸟啊，一片叽叽喳喳的声音叫得更欢。鸟儿一对对的在树间跳来跳去，声音此起彼伏，像是按捺不住自己无比兴奋的心情，又像是一对对恋人在传达爱意。我的心被鸟声吸引，那种清澈，那份快乐，将我的心照得清明透亮。原来，听鸟语也能让心沉静。

树林幽静，各种树叶飘落一地，石头小路上因为雨水打湿而显得油光发亮，淳朴美好。路旁的小花，白色的，黄色的，微笑着向我招手，旁边是大片的绿草地，干净平阔，有几颗茶树在草坪上，茶花红得正艳，开得纯粹，掉落在地的，也安静坦然，没有任何挣扎。归于土，是自然规律，欣然接受则是智慧。

林间的树，郁郁葱葱。这里是鸟生存的天堂。我抓了一把又一把米，撒在草地上、树林间、石头上。林间的鸟胆子大些，它们立刻就吃起了我撒在地上的米，没有任何惧怕。一次又一次，有些鸟似乎认识了我。看到我来，盯着我看好久，不叫也不闹，就这样静静地看着，像在静等它的好朋友。鸟原来通人性。

鸟是有感恩心的。最难忘的一次，与先生在菜市场买菜，看到一只鸟好美丽，就把它买下准备放生，我们带着它来到了云阳山上，走进树林里，放下它，发现，它看起来有些受伤，在我们买下它之前，它可能受过极大的恐惧折磨，当我们放下它时，我明显感觉到了它的那份虚弱与胆怯。或许，被人捉拿的恐惧令它忘记了自己会飞的本能。在我们一次次把它抛向空中时，它只能在地上打转，飞不起来了。我开始与它对话，给它鼓励打气。它睁开眼睛，天啊，那双眼睛，圆圆的，里面有各种美丽的颜色，美轮美奂，这是我第一次近距离看鸟的眼睛。我有些心疼这只鸟。先生像抱着一个刚学走路的婴儿，抱着它，给它一番鼓励之后，再次尝试着将它抛向天空。终于，鸟儿没有辜负我们的期望，它飞起来了，它冲向天空，飞出好远，它好像力量无穷，积压了那么久的能量，此刻得到完全释放。它飞啊飞啊，围着远方的电线绕来绕去，突然，出乎我们意料，它从很远处绕一圈，回头，以极快的速度向我们飞来。它围着我们转着，像是在说感恩的话，又像是要铭记它的恩人。它不忍心飞走。它围着我们。这次，我们被感动了，被鸟感动了。鸟是那么懂得恩情。在返程的路上，先生说着感动的话，这次放生，把我们的心放柔软了，变慈悲了。如果它落在了恶人手里，或许早已经是盘中餐了。生命都值得爱，值得尊重，为什么要为了满足自己的口腹之欲而牺牲另外的生命呢？

又有一次，家里不知谁买了一只鸽子准备杀了吃，鸽子活泼灵动，妹妹的

　　儿子小黑跟鸽子玩得好开心。先生看到鸽子这么可爱，就跟小黑交换："我用30元买你这只鸽子放了，好不好？你看，鸽子只有自由飞翔，遨游天空才会快乐。"才几岁大的小黑觉得先生说的话很有道理，就答应了。当我们一起放飞那只鸽子时，鸽子一直停留在我家门前的树上，久久凝望着我们，眼神蕴含着无尽的感恩。

　　吉杜·克里希那穆提说："你若疏远了自然，也就疏远了人类。你若是跟自然断了关系，就会变成屠杀者。为了得利，为了"运动"，为了获取食物或知识，你屠杀海豹的幼崽，屠杀鲸鱼、海豚和人类。于是自然怕了你，收回了它的美。也许你长时间在林中散步，或在风景宜人的地方露营，但你是屠杀者，你已失去了它们的友情。"

海

"海"，这个字，单从字面上看，就意义非凡，左边代表浩瀚的水，右边，上面一个"人"字，下面一个"母"字，示意着大海的胸怀像母亲包容自己的孩子一样爱着每一个人。大海，是深广无边的。你无法抗拒它的魅力。小溪、江河都一路唱着动听的歌谣投向它的怀抱，生生世世与它相拥。

"深入经藏，智慧如海"，一看到海，就想到这句话。可见，经典中有无尽的智慧，它就像一个宝藏，等着你去开启。

我无数次地靠近海，面对海，会停止思索。因为，大海可以平息你所有的喜怒哀乐。你只能踩着柔软的细沙，在海边慢慢走，慢慢聆听大海的声音，或者坐下来，在海的潮起潮落中静思。

海上观日出，那种美令人感动。当天边那个红彤彤的太阳从大海那边徐徐升起，映射在大海里，与海水交相辉映，伴随着的是像海浪般的白云，一层层，被日出染红了脸，红与白，蓝与红，互相映衬着，美妙无限，那一刻，你会忍不住欢呼，那份激动之情，会自发从海中涌出。

我对海有着很多的记忆。那年，在海边，将自己整个抛进大海的怀抱，带着一份羞涩，我在海水中沉浮着，大海将我高高托起，即便我不会游泳，可是，在大海里，因为海的浮力，我居然可以在大海里自由游动。那时，我是一个纯粹的自然人，没有任何枷锁。我是如此自由。于是，我变得更加大胆起来，渐渐，游向海的深处，避开人群，独自在一个角落。这是我的特性。我喜欢有自己的角落，在那个角落里，我可以看见自己，觉察四周。

闭上眼，我听到了自己对大海深深的呼唤，我一遍又一遍地问大海：大海，你能不能告诉我，我的天赋在哪里？请帮我找到我的天赋，让今生的我发挥出最大的价值，并且愿意用这个天赋帮助自己及更多有缘人生命觉醒。还有什么比生命的觉醒更重要吗？大海没有直接回答我，它只是一次又一次，把我从后面推到前面，又从前面拖到后面，反反复复，我在大海里沉浮。即便如此，我也愿意将自己全部交给大海。因为我坚信大海宽广的胸怀，它可以容纳我所有的悲欢离合，所有的欲望挣扎。

大海里的宝藏

海伦潜入海底，让我们清清楚楚地看见了海底的各种宝藏。在海面上，我们只是看到碧蓝的海水，看不到其他更多的东西。

其实，海底可有无穷无尽的宝藏。我看到一群群非常美丽的鱼儿自由自在地在海底游动，有非常奇妙的大鱼不时地跃入眼帘。对了，看到大海豚了，真正的大海豚呢，只见它慢悠悠地飘过，好安逸好自在。大家欢呼起来。

我看到一簇簇耸立的毛绒绒的海藻，一堆堆各种形状的贝壳……一个无比奇特丰盛的世界尽在眼底。惊叹声、叫喊声此起彼伏。

我默默地独坐一旁，静观一切。

太享受这一刻了。

海底的宝藏应有尽有。那么，我们人自有的宝藏不也是如此吗？

人的本性里本就具足一切，它是真正的大宝藏，等着你去深入挖掘。

富足婴儿

五星级酒店就在大海边，楼下有很多泡澡的温泉，前面就是沙滩和大海。我用半个小时泡澡，用三个小时泡在大海里，再用一个下午的时间在大海边捡贝壳。

在岛上的这几天，想要什么就有什么，极致的丰盛，极致的欢喜。身体里的每一个细胞都是处于极致奔放的状态。

我像个富足的婴儿，没有纷乱的思绪，只有当下的享受，似乎这一切，本来就是为我所准备的，我是理所当然享受着这一切。

那天下午捡贝壳，我的专注，对海底宝藏的专注使我俨然变成一个贪玩的婴儿。我头脑里没有任何杂念，只是在当下享受捡贝壳带给我的快乐。又比如那天在一个乡村的土房子后面捡石头，人们都在谈论这个谈论那个，而我就像一个孩子，只顾开心捡石头，并把石头当宝贝一样收藏着。

在我的世界里，我是富足丰盛的。我想要什么就有什么，并且，我享受当下自己拥有的。我是富足婴儿，用这个词语形容我很贴切。

石头也是艺术

在戈壁滩，好多漂亮的石头啊，我像是发现了一个天大的宝藏，如此欢天喜地。石头因为吸收了天地日月无数年的光华，经历了无数风花雨雪的洗礼。这些都留在了石头上的花纹里，看石头上的花纹，有的像一棵树，密布在石头上，郁郁葱葱；有的像树根，从上到下蔓延着，牢牢扎进石头里，与石头融为一体；有的像一幅幅水墨画，赏心悦目……

那个周末，我去河边漫步，沿着河道走了很远很远。看到前面一堆石头，心绽放了。我一直认为，被自己看中的石头，必是与我有缘，所以，我不刻意，在不刻意中，我寻到了自己喜欢的石头。看吧，有块石头，乳白色，从上到下，一个光环连着一个光环，一层层下来，像是宇宙太空，那么神秘，于是，直接给它取名"太空宇宙"；有的四平八稳，立在那里，像一座山，我在心里为这个石头命名为"靠山石"；有的像人的心脏，便给它取名"心石"；有的像一对母子，便取名为"母子石"……

好多年前，遇到一个石头店，买了两块精巧的石头，可以随身携带的回家，给它命名"感恩石"，我有时把它放在包里，有时放在枕头边，让它时常可以提醒自己要记得感恩。烦闷时，也可以对石头说说话，有些话，无法对任何人讲，那么，就跟石头说吧，石头，它会一直倾听你的诉说，不会有任何厌烦。说完，心会安宁下来。

石头不是石头，石头成了我心灵的艺术。

在家里，我把石头围成一个小圈，再在小圈里放上一个精致的小花瓶，在花瓶里插上片绿叶，花瓶、石头、绿叶，一种别致的艺术美，呈现眼前，百看不厌。遇到精美的石头，再买一个木质底座，把石头直接竖立在底座上，如此，像是给一位美丽的女子穿上一双高跟鞋，亭亭玉立；又像是给佛像立一个底座，威严庄重。

有一天，在大街上被一个店铺吸引，我看到店铺老板在一些精致的物品中，每隔一个空间，放一块石头，石头上面写上字，这分明又是另一种韵味，另一种艺术。本质不变，变的是形式。这一块块石头，你可以把它当作一张张白纸，也可以当一个个空瓶子，你画什么，装什么，都可以由你来创造。

石头是艺术，是大自然的恩典。触摸它，心很踏实喜悦，似乎这些灵性的石头天生带着一股能量，当你触摸或者是当你对它发出爱的意念，它都能接收。于是，它让你体验到了喜悦宁静，这是它带给你的爱。触摸石头，石头因为吸收了你的能量而越发亮堂，你又吸收了石头的能量而欢喜沉静。或许，我们与自然万物本就是一体，我们没有分别。

我触摸石头，用脸贴近，闭着眼，四周静悄悄，只听到风声，偶尔传来的汽笛声。轻松、自由、敞开，如此自然。面对石头，脑海本有着千军万马的心绪在不停地翻滚着，生命应该是这样的状态。不为生而生，只为心的喜悦而活。

仔细端详着石头，石头总是默默无言。它屹立千万年，永恒不变。不管是风霜雨雪，还是石沉大海，或是给人们砌房子，或是摆在高雅的殿堂当装饰品供人欣赏，或是让人踩在脚下，或是给人们架桥，不管如何，它都沉默着，默默承载着，无私奉献着。不抱怨，不逃避，对面来什么，坦然接受之。石头的品质就像大地，默默奉献。风来雨来，总是岿然不动。

如果人能具备石头的品质，那也定会所向无敌。石头没有敌人，所以无人能击败它。面对石头，我开始感觉自己很惭愧，缺乏一种精神与大局意识。

自然万物，无不是在用自己无声的行动，向人们展现一个个人生的哲理。

面对石头，我感到惭愧。

难道石头没有心？没有情？

草木皆有情，石头亦然。

石头也是艺术。

石头又不仅仅是艺术。

沙中世界

　　走进心底的敦煌，还没有写透。譬如沙子，譬如石头，譬如莫高窟，当下，沙子占据了我的心。

　　赤脚踩在沙子上的感觉是如此细腻舒适。我们记住了这种感觉。可是，谁又会去想沙子背后的世界呢？

　　那天清晨，想去感受月牙泉沙漠绿洲中那一泓清泉的气韵，却又意外收获鸣沙山尘沙风起的威力，那情景一直留在了我脑海里。在狂风的吹拂之下，那一粒粒小小的沙子开始旋转着、舞蹈着，像在演奏一曲激昂澎湃的战前曲。我被眼前的景象震撼了。那是沙子吗？此刻分明是舞蹈家，是战士，是涨潮的海浪汹涌，咆哮，那是积聚了多久的能量的爆发？不，它不是沙子，只是沙子呈现在人面前的一个现象，而实质上，它不是，它蕴含着所有。我忽然想起了那个女出家师父，她在佛前唱响佛的赞歌时，那种声音的洪亮，气势的浩荡无法用言语比拟。好似她的内心在就是一片浩瀚的大海，没事时，平静温和，有事时，一旦展露，就威力无比。我听到她的声音传到好远好远，那种美震撼人心，像是要唤醒沉睡中的人们，不，是想把他们直接推醒。那一刻，我从她的佛赞中感受到了她内心无比的丰富、强大。再次感悟一颗心，就是整个世界。一个人仅仅是你看到外在的那个表象吗？当然不是。

　　我在鸣沙山面前停留了很久很久，一直在感叹不已，一直想把自己内心感受到的力量传递出去，让更多的人明白，要去挖掘事物的本来面目，而不是看表面。

有一位博士将沙子在显微镜下扩大 300 倍，发现沙子像一粒粒珍珠，千姿百态，美丽无限。大自然的神奇令人心生敬畏。踩在沙子上，却不知道自己实际上是踩在金矿上，就像我们人，拥有了生命，却不懂得生命的珍贵与奇妙，往往会忽视生命，把生命用在了追逐名利、金钱、外在的欲望上，虚度此生。不知道生命本身才是最大的、最值得去开启的宝藏。去哪里寻宝呢？宝贝都在自己的身心里。

鸣沙山的沙好细好柔软。月牙泉四周的沙一粒粒，比较粗大，有黄色，白色、褐色、橙色、青色……几种颜色交织在一起，妙不可言。同伴们忙着照相，我忙着捡沙子。我将水倒进月牙泉，再蹲下来，将沙子装进瓶子。那种欢喜像是捡到了真宝贝。其实在我内心，别人用再多的钱来换我的沙子，我也不会换。因为，自然的恩典是无价的。月牙泉就在沙鸣山中，沙漠中的一抹绿洲，历经千年，据说它是神泉，在沙漠中永不干枯。

留一叶荷在心间

看荷，是不能急着走过的，要慢慢品，慢慢与之交流，才能懂它的神韵。清晨或者傍晚，在朝阳或夕阳的照射下，荷会带着一种光芒。那时拍摄容易出佳作。

那天，我走进茶陵高陇镇龙匣村，这里是首辅大学士李东阳的祖籍地。一个空气清新，四面环山，到处都可以看到小溪缓缓流动，看到古树的地方。周末，我们作协一群人一路谈笑着踏入这块土地。最先在"顺聚堂"品着龙匣别具一格的特色汤。汤里有红枣、酸姜、豌豆、芝麻、酸萝卜等，家乡的味道，厚重朴实，一种古老文化，尽在其中。你来，喝完汤，再去看荷。晴天或者雨天，都是一种境界。

龙匣的荷花正开得艳丽。或红、或白、或黄、或粉色，有的全面绽放，有的含苞欲放，有的在宽厚荷叶的庇荫下露出娇嫩的花蕊，像一位美丽羞涩的姑娘。有的红着脸，含苞着自己的身肢，在几片绿叶中间，露出一个笑脸，像是在欢迎所有路过观赏的人，又像是要冲出土壤的嫩芽，亦像是娇嫩的婴儿，涨红着嘴唇，想要吸吮母亲的乳汁。在阳光的照射下，它们各自尽情地舒展着自己。

看荷，一片一叶都是情，一片一叶皆风景。那掉落的花瓣，轻轻飘在荷叶上面，迎着脸，望着荷花，像孩子与母亲的相互凝望。有的直接落在了泥水里，半边被荷叶遮挡着太阳，半边向着阳光，花叶红白相间，在最后一刻，也要展现一种绝美。就是腐烂，也会融于泥土，以为来年荷花的更好绽放贡献自己的所有。我屏住呼吸，在一朵残荷前驻足良久。这凋落的残荷有着独特的美。残荷，生时，美丽无限、安然自在；离时，坦然优美、无怨无悔。残荷，给人无限的遐想和沉思。残荷，在凋零世间的一转身，将最后的美丽尽情展现，留或者不留，都是不悲不喜，幽静美好。残荷，你终极的归宿是混合于淤泥，但洁身自好是你高贵的品性，回归，只是季节的短暂轮回。相信来年，你会更加的饱满、丰盛、美丽、圣洁。残荷是有魂的，万物是有魂的。我静守一旁，与荷对语。荷亦能明白我的心。这是一片人间净土，远离浮躁，回归宁静。来了，就请保持肃静吧。因为，说不定，那一朵朵荷花里藏着一个个精灵。那些精灵们也依恋荷花的美，想以它为家，于是便驻扎在上面。因此，请别惊动了它们。

欣赏完荷花之后，从石窝潭走出，种植荷花的老板请我们去品莲子。莲子清淡新鲜，食之，味纯粹。莲花高洁，莲子品性纯净。一切都是简单干净，没有繁杂。莲子外形绿色，放在家里一段时间，呈古茶色，像一把小伞，带着古色古香的气息，久久看不厌。

荷花盛开的时候，那些摄影爱好者对着荷花不厌其烦地尽情拍摄，总想从不同的角度，不同的时间点，抓住荷的神韵，表达一种境界。当地摄影协会的主席常说："拍好了荷花，你就可以称得上半个摄影师了。"拍荷是摄影的基础课，因为，在拍摄荷花的过程中，可以运用到摄影的很多技巧。

那天，静静欣赏摄影大家王主席拍摄荷花的佳作，我看到荷无尽的意趣，王主席在每一叶荷的摄影作品下写上一句话，再起一个诗一般的名字，一种妙不可言的意境扑面而来，他说"荷塘小趣莫丢弃"，只见尖尖荷叶上，一只美丽的花蜻蜓轻盈着身姿舒展着，无比美好。不禁让我想起诗句："小荷才露尖尖角，早有蜻蜓立上头""辅助烟雾添仙境"，一大片荷塘里，朦胧的烟雾缭绕着，仙境一般。

我特别喜欢细雨纷飞时走近荷塘。赏"雨荷"，听雨滴落在荷叶上的声音，剔透亮堂，荷叶像一个金盆，那一滴雨就像一粒珍珠，粒粒珍珠入玉盘。一朵朵荷花，紧依碧绿滚圆的荷叶，在轻柔雨丝沐浴下，显得更加清秀、妩媚、雅洁、可亲。我看呆了。雨中有荷，荷中有雨，我在雨荷中，物我两忘。

阳光的味道

忽然，特别喜欢阳光的味道。在太阳升起的时候，把衣服、被子等晾晒在太阳底下，让其尽情吸收太阳的能量。晚上，洗漱完毕，穿上吸收了足够阳光的衣服，闻着被子里暗藏着的阳光香味。深呼吸，从内而外整个身体里的每一个细胞、毛孔都散发着欢喜的气息。

阳光的味道，无色，有淡淡的香。有人说，阳光可以疗愈。阳光有着巨大的能量，照射大地，滋润万物。看，那些向着阳光生长的小花小草，在阳光的沐浴下，舒展得那么欢喜，绽放得那么美丽自在。

我爱阳光，爱阳光的味道。闲暇时间，在早晨或者午后，我会将自己抛进阳光里。冬日的阳光，是无比的温暖舒适；秋天的阳光，是凉爽怡人的；春天的阳光，是温柔静谧的。以前，我最怕夏日的阳光，似乎带着烈性，带着火热，要将人点燃。可是，如今，我也开始也喜欢夏日的阳光。当夏日的烈阳照射着我时，我不再是拒绝，不再是害怕，而是敞开自己，全然迎接。带着一颗平静感恩的心。当内在有欢喜，当学会了接纳，再看待外面的事物时就会变得柔和。由此，再次觉察到，内在发生了变化，外在也就变了。

记得那个下午。温和的阳光透过温馨的窗帘洒进房间，阳光无限美好。在阳光里，点一根上等的檀香，插在纯木根上，轻放于麻布椅边，一串珍贵的凤眼菩提珠子，一串由绿松石、青金石、石榴石、蓝色玛瑙做成的黄金石车石渠。

我就静坐着，凝视着这一切。檀香燃烧的轻烟，像一丝丝飘逸的白云，一层层慢慢往上飘，沉醉于当下的美好，时间空间的界限消除了，远离了。索性再放一盒梅，一边慢慢品尝，一边凝视香烟，一边背靠太阳。阳光是如此的迷人。

檀香品质不一样，它发散出来的气息及感觉往往相差千万里。你看，这支纯粹的檀香，它散发出来的香是如此的天然，好闻。香气弥漫房间，整个房间的氛围完全改变。久久凝视香烟，香烟轻柔得，像女人银白的发丝，像倾泻而下的瀑布，像一阵风，像水。猛然间觉察到，这迷人的舒适阳光不正像这一缕香烟吗？似水像风如瀑布，这些檀香、食物都带着阳光的味道，把太阳的高能量通过不同的形式散发。不是吗？哪一样东西没有得到阳光的滋养？

我总想把自己全身心抛进秋日暖阳里。骨子里最爱秋日暖阳。深度融入，让人沉迷。去年买的红薯粉丝，一直放在家里没吃。"我想吃阳光"，脑海里突然冒出这句话，它是心灵发出的声音，它是内心的渴望。于是，我每天早晨把农家做的红薯粉丝放在阳光充足的地方，让它充分吸收阳光的能量，第二天早晨，我就煮一把吃，深呼吸，闻一闻，真的闻到了阳光的气息，吃进去，胃里的每一个细胞都立马连接到了阳光的味道，我吃到了阳光！它是那么暖心暖胃，那么舒服。看不到，摸不着，可是心感觉得到，它是真实存在的。有人说，心觉是你的第六意识，我相信。

愉快的周末如期而至，无需赶上班，金子般的时光我可不能浪费。于是，吃完早餐，站一会儿，8点出发，我走进家附近的养老院，那里适合闲暇、晒太阳。此刻，阳光如母亲的眼神，用满满的爱抚摸着这个世界，抚摸着养老院里绿茵茵的草地、一棵棵树木、宽大的排球场、乒乓球场、池塘、各种健身器材、小木屋、长木板凳、宽敞的大路等。我开始放松身心，围着院子，欢快地大步走。为了更好地吸收阳光，我把头发全部披落下来。养老院里有穿着浅绿色工作服的服务员推着轮椅上的老人一边走一边晒太阳。有的老人家坐在红色木长廊里晒太阳。寂静、祥和。这里远离了嘈杂声，远离是非、远离欲望。轮椅上的老人，此刻正享受着阳光的恩赐。在内心，你是否对太阳升起过丝毫的感恩之心？

走累了，我就坐在木板凳上，面对着鱼池，沐浴阳光。全身因为有了阳光的沐浴，温暖舒适。心对太阳升起无限的感恩，此刻，四周无人，我对着太阳深深说一句：感恩你，太阳，因为有你，世界变得如此美好又有力量。

下午四点，窗外的阳光照射在厨房里，安静美好。我面对着阳光，做煎饼。我一边揉面，一边对着阳光笑。红糖、芝麻看着我这么贪恋阳光的味道，也对着我偷偷笑。秋日如水的阳光照着我的身，我的发丝。先生也被吸引过来，带着欣赏的样子微笑着看着这一切。锅里的饼子随着茶油的香味发出"吱吱"的响。丝丝阳光照射在锅边、煎饼上。一会儿，煎饼由乳白变淡黄、金黄。对，金灿灿的，就像太阳。先生居然一连吃了三个，边吃边赞叹。十足的幸福感，就在这一片阳光里，一个煎饼上。

在树叶里看见一个世界

　　轻轻地，低下头，捡起一片片树叶。把它们带回家，泡在玻璃水槽里，那种晶莹剔透天然的美开始展露无遗。一片一片，我把它们拍摄下来，仔细欣赏。第一次如此仔细地观赏它们。且看，有的树叶像由黄色、咖啡色、黑色汇合成一幅精致的图案；有的树叶红黑相间，色彩鲜明；有的树叶是黄绿搭配，娇艳欲滴；树叶里五彩斑斓的色彩，令我沉迷，令我感叹。我们生活在一个如此美妙的世间里却浑然不知，大自然如此厚爱着我们，如此尽显自己的各种风姿来滋养我们的性灵。可我们总是脚步匆匆，忘了停下来或者停下来时，也根本无心欣赏一片小小的树叶或石头或小鸟等。我们往往对身边的美熟视无睹。

　　我独自行走时，低下头，总会捡到大自然赐予我们的宝贝。

　　面对美丽的树叶，我对之喃喃细语着：你总是尽其一生，将自己所有的美展现，掉落在地时，也是如此的美丽绝伦，你集合了宇宙天地的能量，你不只是一小片叶子，你是一个世界，里面蕴含着无穷的能量与智慧。我在你最美的时候，轻轻把你拾起，放在掌心，愉悦身心，感谢造物主创造着这一切美。待到你枯萎时，我把你夹在书本里，当标本收藏，或者又把你放在树下，让你重归泥土，融于泥土，让你再一次地发挥着你的价值，因为你化成了泥土的养分，大树的肥料，滋养着树根。

是不是可以让自己每天沉浸在一个美好的世界里呢？因为美无处不在，美就在你的心中，你看到什么，发现了什么，你就是什么。

让自己贴近大自然，与自然好好连接。在大自然面前，你会无比的宁静喜悦。因为大自然里有无穷的能量，她可以包容你的一切，疗愈你的一切，你只需要做的是：放松自己，全然地张开自己，带着一份爱，带着一种觉知，融入。你是大自然的孩子，是它的宝贝。它爱你的一切。你无需任何的恐惧，你只需全然放开。

或许，在这个物质世界里，你有过很多的伤痕，你不知道如何消融。走进大自然，把自己交给自然，交给宇宙。放松身心，你会得到很好的疗愈。之后，回到自己的内心。如实地绽放生命的美好。

在一片树叶里看见一个世界。何止是一片树叶，呈现在面前的每一样事物，哪一样，没有一个属于自己的世界？小花小草，石头、桌子等，那只是一个表面的物质现象，要透过表面看本质。如此，你就能看花不是花，看草不是草。你看到了一个世界。

又一个雨后清晨，我漫步于政府花园里，与美丽的树叶再次相遇。这次，我体验得更加深刻。美丽斑斓的树叶静静地跌落在一大片绿叶边、大树旁的泥土里、还泛着水波的青石上、草丛里。雨后空气清新，那绿叶上的水滴温润而美好。在这个时刻，那些树叶以它不同的姿态向我展示着不同的美。当我凝神静气对着它拍摄的时候，我感觉到内心有一股深深的宁静与喜悦。我的凝视，我的默默观察与欣赏、我的专注，我的感慨，我那感恩大自然的心。这一切，在融合着，交集着。于是，我收获了一种禅静与静定。静定并不是在修行中，静是在生活的每时每刻，是在当下。就像我此刻的状态，我内心的宁静喜悦就是禅静。

心，沉醉于树叶带来的美好里，红的、黄的、绿的、橙的，美得令人窒息。你不需要与任何人说话，此刻，你只需带着一颗宁静的心，深刻感知、觉察。

我发现，树叶静静地散落的姿势，轻轻地落在每一个位置里的样子，很安详，很自在，很美好，很和谐，很满足，无牵无挂，了无挂碍。没有挣扎，没有痛苦，没有不舍，来了就来了，去了就去了，活着的时候，就尽其所能去绽放它所有的美丽，离去的时候，也要将自己全部奉献，以滋养其他的新生命。在奉献之中，无始无终。一切顺应自然，回归自然。

坐在一堆石头里

我坐在一堆石头中间，先生在那边正尽兴地捡石头，每当发现了宝贝，他都会异常兴奋。我的心，在石头中间，乐开了花。我开始哼起了欢快的心之曲。我们用自己特有的眼光，在一堆堆石头里，找寻自己认为特别有价值的石头。这个发现的过程，是给心注入喜悦能量的过程。"这个石头，好像观音菩萨啊。"先生叫喊着。我看了下，乳白色的头，从上到下，披着白色丝带。像极了。

"我找到了自己最如意的宝贝了！"先生又大叫着。他把石头放到水沟里先洗去表面的尘土，再小心翼翼地放到车子后备厢里。我被他的兴致吸引，凑过去欣赏。真的好特别。一块好大的石头，地球形状，上面有一个个圆圈，下面一条条竖线贯穿四面八方，我们给它取名"互联网"；另外一块石头像是在一片竹林里，一棵棵竹子拔地而起，遂取名"竹林"。

"看我的，也不错呢。"我也有自己喜欢的石头，全凭直觉找到。不，是缘分，与石头的缘。在我坐下休息时，回头，在身边，它就稳稳地，不紧不慢地进入你的视野。我带着像喝一杯清茶般淡然的心境，在云淡风轻里，悄然将映入眼帘的石头拾起。身边的这块石头很有特点，有岁月沉淀、日光照耀、温润如玉的美。窃喜。不禁想起辛弃疾《青玉案·元夕》里的一句词"众里寻他千百度，蓦然回首，那人却在，灯火阑珊处。"

我不去刻意找，依然安安静静地坐在一堆石头中间，看石头，看先生，看远方，看岁月。看得心清亮清亮的，如温柔的月光。

石头不语，我亦无语。我们有一种默契。

我们就这样坐着、看着，带着闲适的心。天色，渐渐已晚，回家，带着石头宝贝。因为婆婆不喜欢我们把石头带回家，那晚，我们就让石头睡在车里。第二天晚上，等婆婆睡下了，我与先生悄悄打开车门，轻手轻脚地把石头搬到二楼。却不料，还是被婆婆发现了。清晨，婆婆看到我们起床了，就开始抱怨："没有哪个家里的人会像我们这样，居然要把石头搬回家，石头有什么好看的？有什么价值？又那么重，房子迟早有一天会被你们带来的石头压倒。不行，我要把你们的石头丢出去。"我们没有回应一句，任由婆婆指责。内心没有丝毫埋怨婆婆的不是，不辩解，不怨恨。在我们眼里，石头是艺术品，有着独特的美。在婆婆眼里，石头就是石头，没有任何价值。

我的心依然是爱婆婆的。我理解她。

坐在办公室，回想一下。我与先生居然在不知不觉中学习到了石头的品质。我们的内心开始变得沉稳，不急躁，能忍辱。石头不也是沉默的吗？不管风吹雨打，不管人们是如何践踏、打磨，它都默默承受。它的天职，只要人们有需要，它就愿意全部奉献。

我笑了，想起石头，笑到心里。当你看到万物的美与智慧，你的内心其实就已经拥有了这些美与品质。

香约春天

　　春天，是充满了灵性的。红的、黄的、绿的花，路边的小草、树林的鸟鸣、大片黄灿灿的油菜花，竞相绽放着生命的奇迹。

　　走进春天，走进稻田，走进树林，阳光灿烂，心情灿烂，那些动植物鲜活的生命，那些美丽绽放的花朵，不就是宇宙之子吗，不就是大地无私的奉献吗？是它们，给人间带来无尽的美与乐。

　　三月，走进安仁"稻田公园"，五万亩的稻田变成了"油菜花"灿烂的世界，金黄的"油菜花"，正热烈地盛开着，一簇簇，一大片一大片，好似一幅幅天然的黄色地毯，全然铺张着自己，以自己独有的或热情或含蓄的方式迎接来客。远处，古建筑物、若隐若现的青翠山脉、蓝蓝的天、静静守候着的草棚，这一切，如此静美，如此神奇。

　　五万亩连接着天地，连接着路边、渠边、江河、远处的山、居民的房屋等，天地的美尽显眼底，这里集合着天地之间无限的灵气和智慧。把人与天与自然的灵性融为一体。

　　静静走在开满油菜花的稻田路边上，一路欣赏、一路品味、一路赞叹。此刻，"油菜花"丝丝夹杂着泥土气息的淡淡清香扑鼻而来，路边草地上从收音机里传来优美的古典音乐，耳边依稀还听到几声清脆的鸟鸣声，湿润的空气里，一切是那么新鲜，那么闲适。对面有的行人像我一样漫步走着，放松心情，放松思维，这里有无限的乐趣，无限的情致。这里，是可以安放灵魂的。你看，那边是谁家的孩子，在摇篮里睡着了，妈妈用推车推着她在稻田的小路上慢慢走着，熟睡的孩子，在天地间睡着了的孩子，你是如此的幸福，你在安静的睡眠里，也在吸取着天地的灵气，闻着稻田泥土"油菜花"的清香，你的熟睡是一道别具一格的风景，这不，你吸引了有独特欣赏眼光的游客，也吸引了其他年轻的妈妈，她们纷纷举起相机对着你一阵拍摄。

安仁"稻田公园"，充分利用天地的资源，让人能充分享受自然的恩典。看，路的这边传来阵阵小孩欢快的笑声，循声望去，孩子们正在尽情地推移着一个大研磨旋转。那边，有好多的大人小孩踩踏着水轮车，把水转动得哗哗响，任凭水溅湿了裤子、鞋子，只听到一阵阵的爽朗的笑声。绽放的笑容是春天的特色，这春天般的玲珑笑声给四周排列有序的油菜花注入了不一样的情致。孩子的笑脸，万物的盛开，动静结合，心也跟着陶醉了。这是自然的馈赠，无需投资，也不一定要去远方，只要有一颗善于欣赏美的心，随时都可发现自然的这种大美，路边还有做饼子的阿姨，正忙得不亦乐乎。热腾腾的蒸汽弥漫在路边、稻田的油菜花中间，也是别具一格。买一卷吃，就这样走着，看着，每一处都会有不一样的风景点，只想把所有的美都储存进心里。

想想，春天，带着一颗闲散的心来这里，这里会令你更加宁静舒适。

带着一颗疲惫的心来这里，这里会给你抚慰，给你注入新的生机。

带着一颗困惑的心来这里，这里会将你所有的困惑消融。因为，这里凝聚了天地自然的无穷能量，这种天地的正能量，足以冲淡世俗的各种纷扰困惑。

带着一颗灵敏的心来这里，这里可以给你新的灵感。

春天里的"稻田公园"。今年，我走进了你，当我再来时，定会饱含喜悦，盛满激情，阳光灿烂。

房子是心的家

昨天下雨，晚上回家，淋了雨，身上又冷又湿。推开房门，内心突然之间对我居住了近二十年的房子升起了无比的感恩之心。感谢房屋为我遮挡风雨，给我安宁温暖，让我舒适恬淡。

洗漱之后，坐在床边，对床说，谢谢你给我安详的睡眠。宁静下来，我环视这座房屋，感慨着。这是我在这个地球上暂时栖居的房舍。房子由砖瓦组成，房子里有水电，桌椅板凳、锅碗瓢盆、冰箱、洗衣机等。房屋不只是房屋，房屋就像人的身体，身体就像一座房子，里面有五脏六腑，水木土火金，一切因缘和合而成。一个人就是一个宇宙的浓缩。那么，一座房子，它也是大千世界的浓缩。你看，桌椅板凳是由树木而来，树木是由树的种子开始，种子要经历阳光雨露的滋养才能发芽、成长；而砖瓦是由泥土而来，泥土经历烧制最后才成砖的模样。这样层层分解，个个真相自然而出。

不能小看一砖一瓦，我们对任何物品，只能用一颗敬畏的心来面对。当你敬畏万物，万物必会敬畏你，并给你应有的回报。

感恩房屋给予我所有。我在这个房屋里，看书写字带孩子；在这个房屋里，隔着墙壁听雨敲打窗户的声音；在这里，我思考着生死，储备着生命的能量；在这里，哭，在这里，笑。我由开始的迷惘，变得内心无比强大，强大到面对死，即便不是无所畏惧，也会平静淡然。因为，我懂得，一个生命的消失，只是意味着另一个生命的开始，就像树叶，绚丽灿烂之后，终会凋落。但它不是永远消失，它融于泥土，变成树最厚实的养料，来年，它又来一个华丽转身，变成最嫩绿的叶子，奉献给这个世界。

我的房屋里有婆婆、先生、儿子，公公去世得早，但这个家从来没忘记他，每年还给他过生日。

家人都住在一起的时候，客人来得多，家里各种声音都有，在热闹的环境里，我不曾觉察房屋的珍贵。因为有家人的陪伴，有外在的温度。独自一人在时，特别是下雨的黄昏，窗外漆黑一片，雨水敲打着窗户，一滴一滴，滴落在我的心里。室内，我有温暖的灯光、火炉，有四面坚固的墙壁围绕着保护我。突然想，如果没有这房子，我该有多凄惨？在外，冷风冷雨会来袭击，寒冷饥渴会让你忘记所有，不，还有危险恐怖随时会光临。此刻，我感觉到了房屋的爱，觉得自己好幸福。有吃，有住，有万物包围的爱。感恩的心溢满全身。感恩你，我的房子，感恩房子里的所有。我爱你们。

当你的心变得细腻，你会觉察到更多细微的地方。独处，静默时，很容易看清更多。

我开始在房间里大步走着，从这间走到那间，下雨，不去外面散步，就在家走。我哼着自己想唱的调子，如此自由、欢喜。我与房子融为一体。

身体要保持清洁。想要内部环境好，首先，外部环境要好。房子里要保持简洁明亮，不能放太多东西，这样会拥塞。外部环境会影响内部环境。

当家里干净整洁时，你是不是觉得，身也轻松了，心也愉悦了，而当家里又脏又乱时，回到家，你是不是觉得内心很堵，且情绪也容易烦躁。房屋有着自己的语言，它也是需要好好爱护的。房屋里的一切都要好好爱护，就像爱护自己这个身体。身体是心的房屋，房子是心的家。

当兵时，每年两次 120 公里拉练，都是搭帐篷睡在野外，用一个雨布摊在地下杂草丛中睡下，草丛中有虫子蠕动。寒冷、饥饿、恐惧一起来袭击，这样的经历刻骨铭心。那年朝山，夜晚 10 点多，到达了一个寺院，寺院已住满，于是便在地下整一个床铺睡。那时正值冬天，好冷。当经历了这些，睡在家里，一种极大的反差，让我更加感觉睡在家里是多么温暖惬意。

一直记得我的一位画家朋友清函的房舍。一个人单独住着，简单老旧的房子。可是一走进，一种艺术灵动的氛围扑面而来：看她墙壁上自己画的莲花，别具一格的茶具，灵气的石头上有着特别的花纹，还看到石头上面坐着一位禅者，韵味无穷。房子里有笔墨香飘散其间，茶叶也在散发着淡淡清香。由衷感慨，房子因为主人的不同而不同。房子有灵，它会因不同品性的人而散发不同的气韵。

我和密友荷、清涵，三个女子坐在那间简陋的房子里谈论着生活的趣味，人生的真理，未来的计划，自己的追求向往。尽兴之余，荷与清函开始跳起了舞。清涵的舞姿好有力度美。她说那支舞跳了十一年，是塑体型的。荷也开始跳起来，各自有各自的风格。清函偶尔也会拉拉琴。工笔画、琴、舞蹈、书，茶。房子因为有了三个女子，一下子蓬荜生辉。我们彼此滋养温暖，房屋给我们安宁温暖，我们还给了房子更多的爱。

在这样一个美好的夜晚，在这简陋却又精致的房屋里，这三个女子淡定的人生态度让我想起了杨绛先生的一句话：我们曾如此渴望命运的波澜，到最后才发现，人生最曼妙的风景，竟是内心的淡定与从容……我们曾如此期盼外界的认可，到最后才知道：世界是自己的，与他人毫无关系。

是的，世界是自己的，与他人毫无关系。住大别墅的不一定比住简陋房子的有品位。人的高贵与外在物质的丰厚没有关系。我常常看到住豪宅的人每天只知道吃喝玩乐，逍遥度日，而品性高雅的人虽然住得简陋，可是因为有对艺术更高的追求，或者画画，或者写作，或者雕刻，或者科研等，因为精神有更高的追求，整个人便尽显不凡。

　　房屋只与住的主人有密切的关系。你是什么品性，房屋里就呈现出与之相匹配的品质。去繁就简是很多人所喜爱的。你该往房子里添加什么样的宝贝？有智者说，心是什么，心就是空瓶子，你装什么就是什么。房屋里的一切也是心的呈现。我们应该把杂草清除，往心的房间里增添奇珍异宝，而后，再拿点宝贝出来点亮房间，温暖世间。

是荷，是莲

是荷也是莲，我喜欢把它叫作莲。

六月去拍摄莲花，莲花在水中，或静坐或高高竖立或躲在大片的绿叶里悄悄绽放，楚楚动人。各种姿态的美，牵系着几多凡夫俗子在其旁边流连忘返，垂爱有加。因其不同的美，也招引了蝴蝶蜜蜂在其花蕾间围绕、盘旋。

大片大片的绿叶呀，你看，莲花在你的映衬下，笑得多欢啊。

一朵莲花，一尊佛。莲花之上，我好似看到了一尊尊佛，端坐其中，笑迎世人，带着悲喜，带着慈爱。

细看莲花，想把它刻印在心底里，永远珍藏。

莲花盛开着，或用莲叶半遮娇嫩的脸，欲言又止，道不尽的情怀。

在朵朵莲花旁，常常还能看到稳稳地站立着的几颗青青的莲子，我索性把它们叫作"莲母带子"。那种姿态，那种气氛，爱意浓浓。

在夕阳西下时，我去观莲。莲给了我一个很大的惊喜：在我静观莲花之时，忽然不知从哪里飘来一股烟雾，烟雾慢慢升起，绕过莲花，与刚刚倾斜过来的夕阳汇合成一道红色丝状的光，我看呆了。是佛光吗？三朵莲花高高竖立，正好在这道光的笼罩之下。

几多欢喜，几多赞叹。

"一、二、三、四……"此时，从花池的左边传来了士兵边跑边喊口号的声音，这里难道驻扎了部队？我问。同来的王师傅说：是"光头部队"。我没听明白其中的意思。后来，静下来一想，我们所观看的莲花池不是就在一所监狱的旁边吗？我的心惊了一下。那些劳改犯，他们会来看这美丽的莲花吗？这一池开得如此之美的莲花，开在监狱附近的莲花，你们一定在等着什么。只是，懂你心思的人，在哪里？又有几个？尽管如此，你依然如故，年年如期开放，坚持静守。

莲，是有一种坚强的毅力和勇气的。柔美又坚韧。

喜爱莲，最爱的花是莲花。爱它的美丽清洁、淡雅韵味。

看莲，有红色的、淡黄色的、白色的，各自芬芳，各具独特的美。还有那些将要衰败的花，低垂着头，看着自己身上的一片莲花掉落在莲叶上，莲叶上面滚动着点点露珠，在最后一刻，也要全然绽放自己，带着对这个世界深深的爱，然后慢慢凋零。

莲花已经驻扎在我心里了。

回到自己的生活里时，闭着眼睛，莲花浮现。想莲花时，心很静、很欢喜。

再次回味时，有一份感动。为莲花感动，为自己的心感动。

身在红尘里打滚，有时被卷入生活的漩涡，找不到自己。可是，莲花一现，心又有了回归的感觉。也常想起一首歌——《莲花处处开》：一念心清净，莲花处处开，一花一净土，一土一如来。

秩堂白茶

以前，只知道一到春天，大家就纷纷赶到秩堂看油菜花。那大片大片的油菜花在山清水秀的乡村，在潺潺流淌的小水沟两侧，尽情舒展摇曳着，人们在那里流连忘返着与油菜花合影。并且，一年一度的油菜花节那天，有各种精彩表演。有在路边摆放各色小吃的，且有一美丽女子，长发飘飘，衣带轻盈，索性在油菜花中间的凉亭里摆弄着茶具，动作缓慢，茶艺中透着禅意，超然物外。

现今，当随同当地文联工作人员一起走进"湖南省美丽乡村建设示范村"——秩堂马吉村时，发现了另外的天地。这里除了厚重的红色文化、文明卫生文化，还有深厚的茶文化。我细细品着白茶，汤色淡绿清亮，味鲜醇，深呼吸，清香怡然，沁人心脾，我立即被白茶的清香所吸引。深深吸进白茶的淡然纯香，静静凝视清水中的茶叶，只见水中的白茶，嫩绿清秀，活力四射，像年轻的女子，飘逸着舒展全身。

种植白茶的刘先生外表朴实亲切，当时他看重了这里独特的综合优势，天时地利人和，这里都具备。四面有山有水，空气新鲜，绿树成荫。自2014年以来，刘先生回故乡建设家乡，陆续投入300余万元，种植茶园600多亩。后来了解到，白茶的药性很好，具有解酒醒酒、清热润肺、平肝益血、消炎解毒、降压减脂、消除疲劳等功效，真可谓是茶中珍品。我开始渴望去茶叶基地，想去触摸那片绿与灵气。一起来的荷与李老师也有同样的心愿，于是，午后，便请人带着我们去基地。车子在山间小路盘旋而上。"咦,那是白茶吗?一排排,平平整整。"我惊喜地问。"是的,那就是白茶。"陪同人说。白茶基地位于罗霄山脉中段,属于亚热带季风湿润气候区,冬暖夏凉,这里山高沟深,青山环绕,土壤丰厚,有机物质含量高。常年云雾缭绕,雨水充足,水质清澈。白茶因为有这么优越的气候条件和土壤,再加上种茶人本着"诚心为茶人,精心做茶业"的理念,以生产出无污染的茶叶为目标,因此,白茶里赋予了高洁的灵魂,品性也是高洁明亮。品之,自然散发的醇香如此让人沉迷。我本是一个从不品茶的女子,如果爱茶,那么,就是从遇见白茶的那一刻开始。一切都是机缘,机缘成熟,遇见了就会深爱。车子停了下来,我们走进茶叶基地,白茶舒展着最纯真的绿笑迎我们的到来。我们三个女子顿时兴奋起来。被压抑的灵气,在触摸茶叶的那一刻终于得到了释放。我们凝视着黄色土地、青翠的山脉,闻着混着泥土的茶香,遥望湛蓝的纯净天空,呼吸大山里新鲜的空气。我们仨,在一排排的茶叶中间,迈着轻盈的步伐,心沾满了白茶的灵气,整个身心也轻了。我凑近细看,发现白茶形似凤羽,叶片玉白,茎脉翠绿,灵气怡然,令人惊叹造物主的神奇。我们在白茶的包围下欢笑、合影,神采飞扬。像是吸收了这黄土地里的白茶的灵气,人也变得灵动起来,精气神异常饱满。凝视那一排排生长在深山中的白茶,它既吸收了日月光辉的能量,又得到了大地无限甘露的滋养。我从没采过茶,于是便请教村里的师傅如何采摘茶,师傅介绍说白茶应根据气温条件采摘,玉白色是一芽一叶初展出的鲜叶,要做到早采、嫩采、勤采、净采。芽叶成朵,大小均匀;留柄要短。轻采轻放。竹篓盛装、竹筐储运。

后来我们参观了制作茶叶的工厂。惊讶茶叶的制作过程原来那么精细、原生态。要经过好几道工序。白茶不用洗,自始至终都是干干净净,清清爽爽。第一道工序就是把采来的新鲜茶叶薄薄地摊放在洁净的竹席上,置于微弱的阳光下或置于通风透光效果好的室内,让其自然调合。晾晒至七八成干时,再用文火慢慢烘干。白茶制法的特点是既不破坏酶的活性，又不促进氧化作用，且保持馨香，汤味鲜爽。白茶的储存归纳为八个字，即通风、透气、防晒、防潮。

茶叶的历史源远流长，从古至今，茶一直深受人们喜欢。在我国，传说最初茶是作为药用，后来发展成为饮品。历史上第一个提出神农氏为茶祖的人，是茶圣陆羽，《茶经》直接指出"茶之为饮，发乎神农氏，闻于鲁周公"。而断定神农氏的依据是《神农本草经》和《神农食经》。前者载："神农尝百草，日遇七十二毒，得茶而解之。"后者载："茶茗久服，令人有力，悦志。"神农氏既是饮茶之祖，也是"中华茶祖"。

秩堂人饮茶成了一种习惯。招待宾客必定有茶。那年，也是文联组织来这里采风。印象最深的是秩堂的茶，里面配了芝麻、黄豆、陈皮、红枣、黄花等，慢慢品，都不忍心一下子喝完。

周末，在弟弟家看到秩堂的犀城白茶，很是亲切，像是见到了老朋友，于是，我便特意泡了杯白茶喝。慢慢地品茶，品人生，品跌宕起伏，就像白茶本身，慢慢沉淀，悄悄散发清香，不卑不亢。不以物喜，不以己悲，保持中立，保持本色，默默绽放，默默奉献。

阳光如斯

清晨起床，我把卧室的所有窗户打开，平常我只打开一扇窗，今日我感觉有些不一样。我感觉自己的生命需要大片的阳光来填充。花在向阳的地方也会开得茂盛一些呢。花草如是，何况人呢？

清晨的阳光，淡而柔和，一丝丝地透过窗户照射到我的被子上、梳妆台边、沙发椅上，屋里的每一角落，洒到我的心间。让我带着一颗暖洋洋的心去上班，带着一屋柔和的阳光去上班，心也被阳光融化着。

中午下班，一路漫步回家，在回家的路上，看到邻居的阿姨们都坐在自家的门前晒太阳，享受着上天的馈赠。走到家门口，我又看到一个九十多岁的老奶奶，静坐在自家门口的一个小角落里，享受着大好阳光，我注视她的笑脸，那么祥和、知足、慈祥。或许，在她的心里，有这些就已经非常满足。她欢喜的神态让我很着迷。每一次见到这个老奶奶，我都会亲切地叫她一声"奶奶"。很喜欢她，喜欢她身上洋溢着的幸福知足、喜悦宁静的神态。人一知足，身上就会有光。这些光就像身上的磁场一样，那种吸引力，挡也挡不住。深深体悟：就算什么也没有，但身上只要有好的磁场，生命就会很美好。一切源于心，心好，磁场好，命一定会好。不一定非要丰厚的物质生活。一颗知足的心，在何种境况下都会心生欢喜。

如今，老奶奶在一个黑色的夜里，安然离世。她平静地走了，可她如阳光般温暖的笑却一直鲜活在我的生命里。那温暖的笑点燃了我内在的光，让我一直告诫自己要像她那般活着，活得自在美好。

中午，我把被子拿到楼顶上晒，楼顶上有一片很宽敞的地方，没有盖瓦片，直接与天地连接。楼顶还种了一些花草，其中铁树已养了几十年了。我静坐在阳光底下，看着花草，看着被子，看着干净质朴的地面，看着时间慢慢从身边流过，感受着太阳温暖的光照着我的后背、我的头、我的脚及全身。祥和、安静、闲适，一切是如此的恬静。此刻，思维停止，只管享受天地的馈赠厚爱，享受当下。在当下，生命伸展得如此舒适欢快。

每一颗心都渴望阳光，天地的阳光，爱的阳光。爱就是阳光，微笑就是阳光，慈悲就是阳光，奉献就是阳光。

曾参加过一个"幸福、力量"的论坛，三千人参加。一百多个义工。这个论坛的主办方是一家传播爱的公司。工作人员总是面带喜悦幸福的笑容。有一个女子上台分享，说她当了一个多月的义工，感觉非常欢喜满足。在工作服务中，她感觉到了人与人之间的爱与尊重，这个环境是充满正能量的环境。正能量如阳光。谁不喜欢在向着阳光的地方生存呢？谁又喜欢在那种阴暗潮湿的地方生存呢？阳光与爱，是精神的需求，亦是心的需求。

枫叶和银杏

我就这样爱上了枫叶和银杏。

那天，为了赶第二天的一个考试，住在长沙林科大里面的一个小宿舍里。同事小刘帮找的宿舍。她把所有的一切都安顿好了之后，我才到达。不知有多久没有走进大学校园，周围的绿树和莘莘学子，是如此熟悉，如此令人心情愉悦。岁月好似一下子又把我拉回到了学生时代。岁月如斯夫，不舍昼夜。从青春妙龄到中年，只在一瞬间。

宿舍窗外那片片黄色枫叶，在午后暖阳的映射下，舒展着，摇曳着，灿烂着，在秋天，在那个校园的宿舍窗外，美得令人惊叹。那像是一幅用玻璃镶制成的精美图画。我的心忘记了所有，只有窗外那美丽飘摇的枫叶，心想，我从县城到省城，一路颠簸，就为一个考试，看到这美丽的枫叶，即便考试考得很糟，也觉得值。感恩美丽的大自然带给我这般美好感觉。

也许是大自然看到我如此感恩，于是，又再次奖励另一个惊喜给我。

第二天一大早去赶考。走过学校，中途异常意外地发现路的两旁有两排银杏。我最爱的银杏啊！此刻，已经熟透，枝叶凋落一地，像给大地披上了一层金黄的地毯。银杏叶的形状像是一颗颗纯净美好的心，袒露于人世间，在繁乱的人世间里静静展现自己独特的美，又像是给迷茫的我们美的享受抑或是深刻的启迪。抬头望银杏，微闭双眼，深呼吸，真想把这银杏的灵气全部吸进体内。

让它贮存在我身体内的每一个细胞里，贮存在生命里。

渴望有更多的时间与枫叶和银杏相拥。我曾经好多次想象自己闲坐在一棵古老的银杏树下，地面上全是洒落一地的金黄叶子，我就这样忘记了时空，忘记了自我，忘记了世俗里的一切，只沉静在那美好的一刻，心也被感恩和丰足填满。

风

　　喜欢风。喜欢它的来去无踪、无所不在、去留自由，没有时间空间的界定，没有一定的形象特征，让人琢磨不透。但是它的柔顺、舒畅又着实让人迷恋。

　　我爱风。

　　风是有自己独特的个性的。

　　清晨漫步，风缓缓的，一丝丝，透着清晨清凉纯净的气息，将你紧紧环抱。于是，对着花草，对着绿树，闭着眼睛，情不自禁地深深呼吸，此刻，风抚摸着你的发，亲吻着你的脸，触摸着你的脚、你的肌肤，而后在你耳边轻轻低语。我只有彻底放松，让风将我包围。你享受着风带给你的舒适，此时，你可以幻想自己正置身于荒原或者大海边，那种荒原里狂野的风带着疯狂的野性，"呜呜"，似乎想要用尽所有的力量来将你征服。你开始呼吸困难，但你不逃避，因为这种风可以把你体内压抑已久的郁结吹散，压碎。你越发清醒，在这种带着野性的狂风里，你感觉自己的生命有了新的喜悦和希望，你笑了，对着风；在海边，海风带着海的别样气息，细腻、轻柔，像婴儿的手，饱满、柔软，你完全沉浸在海风里，将自己的身心全部交给风，交给海。海风窃窃私语，夹带着轻柔的气息，像要抚平你往日的创伤，又像一位慈爱的母亲欲把自己的孩子紧紧抱在怀里，给他爱，给他安慰，深怕他再受伤。

晚间漫步，傍着夕阳，挽着爱人的手，在花园里、在江河边，慢慢走着说笑着。这时，晚风吹拂，吹走白日的劳累，吹灭新生的欲望杂念，享受当下的美好：干净、纯粹、舒畅。风的美好，无所不在；风的情调，无孔不入。

有时幻想自己就是一阵风。想飘到哪里，就到哪里，想去见谁，一动念头就可实现。风虽然是无形的，但是风有魂，风有情。有时也羡慕风，羡慕它的自由。自由是多么宝贵，这是大多数人的渴望与梦想。我渴望此生能实现时间自由、财富自由、灵性自由。想必风是具备了这三大自由的。

风有千种万种。

记得最深的是有一次步入茶陵县枣市村西岭原生态桃林，这里是深山老林，地势独特。一棵棵大小差不多的桃树上，又大又红的桃子或是藏在绿叶之间，或是向着阳光舒展，对着我们微笑。果实累累，一群群的人们，提着篮子，带着一颗颗饱满愉悦的心去摘桃。又提着满满一篮子的果实，迈着轻盈的步伐，满面春风地往回走。

我与李老师走在一起。摘一个尝尝，鲜美、甜润。我们走到最上面，在一棵树下停留下来，风，对，那种风也是不同于城市里的风，这是来自西岭山野的风，没有粗暴狂野，只有柔和宜人。风吹来，带着丝丝醉人的气息，极其温柔地吹拂在脸上、身上，给人舒畅，令人惊喜。那种风，像是一丝细雨，能拂去人们脸上的愁云，就是你不摘桃，单独静下来享受这风，也足够惬意了。

五台山的风更是独特。在中台顶待了几天，最刻骨的记忆就是风。五台山的风啊，"呜呜，呜呜……"呼啸着，风力十足，刮在脸上好疼。每次从室内走向户外，我都会把自己裹得紧紧的，把自己全副武装。风推着我的身体飞跑起来。我看不到，抓不住，只能加快脚步。此刻，我享受不到风的温情，只感到风的残酷，可不同的是，在这种境况里，头脑异常清醒，心也变得宁静，欲望开始减少，几乎忘记自己还会有其他需求。对于名利、精舍更是抛到九霄云外。原来，这里的风，能削弱你的傲慢，平息你的浮躁，净化你的灵魂。

沿江风光带

　　茶陵沿江风光带是有灵气的。一直想写它，一直又没写。就像内心藏着一个美妙的宝贝，总想放在心里慢慢品味，慢慢欣赏，慢慢沉淀，慢慢吸取其灵气与精髓。生怕一描绘它，就破坏了它原本的美。

　　真的是这样。你看，那一江水，轻轻柔柔地流淌着，嘻嘻嘻嘻……像一个美妙少女嬉笑着朝前奔跑。举目望之，心旷神怡，心里顿觉亮堂。江这边，一排排青翠挺拔的树木，夏天，走进这里，清凉舒畅。还总是能听到鸣蝉的歌谣，与江河对面的蝉鸣声相互此起彼伏地唱着，传达着情谊。闭眼，不管是听蝉声，还是听水的声音，都令人沉醉。

　　那是一个夏日黄昏，与好友荷相约去江边风光带。微风习习，我们静静走着，不说话，因为这里需要用心去连接。渐渐地，我们看到了最美丽的晚霞，红彤彤的，映照在江河中、映射到江边四周，美得令人窒息。我与她坐在一块石头上，静静凝视着江水，静静看着那片红。水，窃窃私语着，细细密密，不急不慢，缓缓流进我们的心田。一颗在尘世中沉浮的心此刻是安宁祥和喜悦的。这种感觉无比美妙。我们不说话，只与眼前的江水交流着。也很奇怪，不管是树木花草还是江水等，当你凝神与自然万物交流，只是静静凝视，也会接受到一股强大的能量，这是自然本身的能量。

　　不要让自己的思想被邪思邪念填满，那会迷失自己，蒙蔽自己的心性。思想就偏离了正常之道，是很危险的。我们要让自己走进大自然，走进正能量的圈子，走进中国几千年的传统经典文化里。播下正义凛然的种子，做个堂堂正正的人。当自己有了良好的精神寄托方式，生活才会越过越美好。

一次又一次走进茶陵沿江风光带，在那里，总能找到一种心灵的慰藉。我总想在不同的时间点去走近它，品味它不同的美。清晨，我悄悄走近。这里是宁静的，空气异常清新。有晨练的人沿着江边，有的跑步，有的骑着自行车，有的快步走。江中，有人撑一条船慢悠悠地驶过。江那边，有三三两两的妇女一边说笑着一边搓洗着衣服。真是悠闲安适的日子，时光在这里变得悠长又静美。隔着一条江，我在江这边，她们在江那边，每次见到总要凝视她们好久。那里，有我喜欢的简单素朴，有我喜欢的平实生活。不需要很多，几件衣物，吃自己种的菜，一家人其乐融融。有时间晒晒太阳，慢悠悠地在江边洗洗衣服。闲看天边云卷云舒，静看庭前花开花落，在内心让时光沉淀出一份淡定、知足、安然。

沿江风光带有条小路，沿这条路，可以领略江边无限风景。由小路向左转，可看到一大片绿茵茵的草地，旁边有各种树木花草，有锻炼身体的广场，有娱乐的凉亭。清晨，总能看到有人在亭子里吹拉弹唱，别有一份雅致。我喜欢在四周被古树围绕的草地里捡枯枝，捡回来，插在瓶子里，越看越感觉其生命力的旺盛与强大。

茶陵沿江风光带是一个适合静思的好地方。那个午后，我又独自骑着车去江边。到了目的地，放下车，慢慢散步，空中飘着细细雨丝。我索性撑起一把伞，戴上耳机，一遍遍听着静心的轻音乐。路边，没有其他行人，唯独我一人，好寂静。是我喜欢的感觉，浪漫温馨、宁静美好。天空中渐渐被黑色笼罩，路旁的灯、安放在草地上的灯、树上的灯全部亮起来。红的、白的、黄的、绿的等，将树枝花草点亮、装扮，轻柔美妙的音乐轻轻回旋。一下子，这里又变换成了一个亮晶晶的世界。给你新的惊喜，新的美妙感觉。

心灵沉淀着很多的美好。由此，我一直在思索，不管是昼夜不息流淌的河水，还是这一枝一叶，抑或是盛开的花朵，还是默默无闻的小草，它们，都在用自己的方式，演绎着种种妙法，让细心觉察者从中悟出人生的真谛。

是花就好好的做花，是草就好好的做草，是水，就发挥水的特性，好好做出水的品质。相互没有争夺，也不需要争夺。你看，它们各自做好自己，只做自己。活出自己最好的品质，展现最真实的自己。随意自在，清清爽爽，自身的价值也尽显其中。

石头年度报告

凝视石头，内心会无比祥和宁静。喜欢石头，是天性。

2018年，梳理我的石头，作一个2018年石头年度报告。那么，就从"婴儿脚"开始吧。那个周末的清晨，我沿着株洲湘江边慢慢走，阳光暖暖地照着水面，舒适温暖。我走到江边，看着江水，用手在水中随手一摸，居然摸到一块小石头，形状酷似婴儿的脚，呈黄色，于是，当即给它取名"婴儿脚"。从小开始，让脚来丈量自己走过的路，看过的景，感悟过的事物。生命从此开始慢慢走向饱满丰盛。

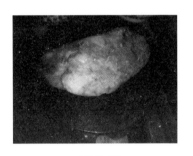

婴儿脚

雅丹石，距离玉门关西90公里外，有一典型的雅丹地貌群落，东西长约25公里。遇有微风，鬼声森森，俗称魔鬼城。那年，老师带着我经过这座"城堡"，我从那里带回这块石头，石头呈海青色，一层层，像海浪。那个城堡，没有一草一木，到处是黑色的砾石沙海。据说，那里几十万年以前，曾经是

雅丹石

大海，后来变成草原，再后来，变成了现在
的荒原。想必这块石头经历了无数的沧海桑
田。但它依然还在。而老师现在骨灰早已撒
入大海。物犹在，人不在。这块石头，记录
了我们曾经的经历。人要珍惜当下拥有的，
时光易逝，人生短暂。物质世界只是为生命
服务的工具，带不走，不执恋。活在当下，
生命安好即可。

心石

　　心石，蜡黄色。整块石头，有像一条条
血管一样的筋络从上到下密布下来，犹如人
的心脏。这是在茶陵县洣江河畔漫步时遇到
的。石头是与人有缘分的。我不刻意去寻找，
它就在那里等有缘人来识别它。石头的品质
就像大地，默默奉献。风来雨来，总是如如
不动。向万物学习，学习它们的精神，那是
它们的魂。

恐龙石

　　恐龙石，青黄相间，张开大嘴，形状酷
似恐龙，于是，便取名"恐龙石"。那个周末，
去看河水，四周很静，走着走着，无意中，
看到这块石头静静地躺在草丛中，外貌形状
有些特别，于是不管多重，还是把它带回家。

　　太空宇宙，这是一块在草丛中遇到的石
头，乳白色，表面看上去很平常，要把它捡
起来，是需要掂量掂量的，可是仔细观察，

太空宇宙

百凤雀巢

笔支塔

仙人拜寿

却发现不寻常，这块石头很光洁，只有一层层的光环围绕其间，像太空宇宙。因为色彩纯粹，所以给人无限遐想。就像一张白纸，你可以在上面涂上自己想要的颜色。给自己留白的空间，可以让自己有创新的余地，或者可以填充最有价值的事物。

百凤雀巢，在一堆沙子中，遇到这块石头，金黄色，整块石头，有无数个小洞洞，想必有些动物很喜欢穴居。于是，便藏在石头洞里度过春夏秋冬。忽然想到"雀巢"两字，于是，便为其取名"百凤雀巢"。俗话说，"没有梧桐树，引不得凤凰来"。想必我生长的这块土地，是有着优越的自然人文环境，适合投资经商的。

"笔支塔"，位于茶陵县城东郊，临水而立，与城关东门隔江相望，故又名东门塔。始建于嘉靖八年，是由大小不一的整体花岗石建成，有六面七层，高 24.5 米。小时候，坐一条小船，到江那边去看东门塔，兴致勃勃。那天上午，沿着江边走，隔着江，远望东门塔，金色阳光照耀着，暖洋洋的。无意中拾到这块石头，纯白色，形状酷似"塔"，坚固无比，又密不透风，故名。

仙人拜寿，这块石头，古茶色，是我喜欢的颜色，古朴，经久耐看。初遇到它，就是单纯喜欢这种颜色，没有任何加工。它总能让我想起我那位喜欢画工笔画的朋友，她的很多画都是以古茶色做基调，一幅作品出来，一种极致的古朴美，令人回味无穷。

后来仔细观察这块石头，中间突出来，像是一双手合十恭拜的样子，我再把从沙漠中带回来的万年胡杨枝放在后面，一种仙境迎面而来。

豹脚石

豹脚石，这块石头的表面呈现豹纹状，便给它取名"豹脚石"。黑白混合色。在一个闲暇的日子，我来到江边，凝视着江水，沉思着。一切都那么静，忽然看到有一条泥鳅在我眼皮底下的水岸边划过，顺着泥鳅划过的方向，我一路看过去。最后，停留之处，发现了这块石头，于是，便走过去，从水中把它拣起来。我想，或许是泥鳅引路，要让我与这块石头相遇在水中。没有刻意，也不去寻找，它就在那里，待因缘成熟时，该遇见的都会遇见，不该遇见的，天天相逢，也不相识。任何事物，不会无故而来。人与人之间的缘分亦如是。

四平八稳

四平八稳，这是在河边遇到的，青黄相间，稳如一座山。好重，要把它背回，是需要勇气的，但我还是把它带回了。回家对先生说，这块石头是咱家的"靠山"。我把它放在窗户边，面对着阳台上的花，稳稳的，安静的，凝视这一切，不管遇到什么风吹雨打，都是稳定不动摇。人也要如此，要脚踏实地，一步一个脚印，遇事不浮躁，要稳，要定。

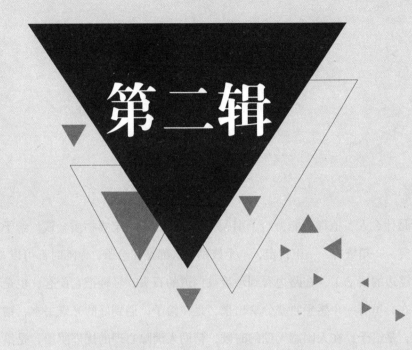

第二辑

人品等于财富 奉献等于储蓄

给

　　不管是什么人，他都有能力给予别人一些东西，不一定要物质金钱。给予人一个微笑，一句赞美，一声肯定，一个鼓励，这都是在给予，你随时都可以。赞美感恩路边的清洁工，在路边看到垃圾或挡道的石头，轻轻把它捡起，也是在给予；在心里有一个感想收获分享出来，是在给予；遇到好的光碟书本，赠送给朋友，是给予；在人困惑无助的时候，帮助人消除心理的忧郁阴影，是给予；当人内心对一件事情感到恐惧害怕时，帮助他消除内在的恐惧让他心安，是给予；外出回来，随时带点礼物给身边的人，是给予……

　　昨夜与作协朋友荷、画家朋友涵聚在一个简陋但有着浓厚趣味情调的小屋里喝茶。这间小屋很温馨特别，一个专用画画的长桌子，桌子上的电脑里正播放着美妙的梵音，这边的一个笔盒里插放着几束枯枝，墙角边有画好的画，卷起来用一个大桶装着。刚见面的时候，作协朋友赠送我两本书，我赠送他们教育的光碟以及两张佛卡。我们相互赞叹着欣赏着。画家朋友知识及生活阅历丰富，爱好古书，能把传统文化的精髓融入到生活，是一个很精致又优雅的女人。她给了我生活中如何保养自己以及拓宽知识面的建议，作协朋友说着一些生活的细节所给人的启发，以及给我生活的些许指点建议。我给她们分享着我参加一些活动的收获，我们彼此都在相互给予着，在这些看似很平淡的闲聊中，其实，我们都在不经意中付出着，生活积累的智慧在闲谈中全部奉献出来，你能吸收接纳多少，全部由你的心来决定。给予在无意中，在平常中，在言谈中。

你可以给。你内在有无限的潜能，你很丰富。只要你有一颗给予的心，你就可以给。让自己始终保持一种我能"给予"的状态，就是一个很幸福丰足的人，就是一个有智慧的人。给予人，精神很丰足，很喜悦，在给的时候，内心收获着平安喜乐宁静。给，就是舍，舍得舍得，有舍就有得。并不是你给出去了，就什么都没有了。宇宙的能量是流动的、守恒的。你给得多，最后会有更多的东西回馈到自己身上。在自己得到的时候，更要舍，这样循环着，你会觉得自己得到的越来越多，越来越有幸福的感觉。

在工作中，我有一个发现，当我赞美同事衣服漂亮美丽的时候，在另外的一个时间里，我也会得到同样的赞美；当同事有事，我帮她做了一件事的时候，某一个时候，她会帮我处理另外一项工作，让你省去很多麻烦。而如果你在背后指责了别人或者打击了别人，这个打击会通过另外的方式回到自己身上。当你处处为大众着想的时候，大众也会处处为你着想。扩宽心量，当你的心装着宇宙万物的时候，宇宙万物会装着你。你心里有，就会对一切心存感恩，带着一颗浓厚的感恩之心对待一切的时候，你就是宇宙，宇宙就是你，你的心就是一切。万物都在自己的心中。星云大师说：人要有四心，一是恭敬之心，二是感恩之心，三是谦卑之心，四是宽容之心。

"给"是生活的大智慧，是人生活的法宝。

在不断的"给予"中，舍掉了贪心，扩宽了心量，软化了内心；在给予中，强大了内在，提升了精神境界。给是乐，是幸福，是欢喜，是满足。

我的老师一个最大的特点就是不断在"给"，不管从哪里回来，都会带很多的礼物给身边的人，如一条丝巾，一本有价值的书，一个被她注上祝福语的纪念品，一支牙膏等。别人送给她的很好的礼物，她就会送给更需要它的人。比如，一个印度友人送给她的围巾，她就送给了我。我看到老师不断在给予周围的人，认识的，不认识的，她都在给。老师没有用言语告诉我要多给予，她用自己的实际行动在教导我，要多给予，要不断地给，给，给。

有一位智者说，当你参加一个活动时，你当时在场的时候会感觉很喜悦幸福。但是一回到家里或工作中，这种状态却是不能够长久保持，那么，他告诉我们一个办法就是，多分享。把自己在活动中或在生活中的所得以及感悟告诉朋友或身边人，你也可以告诉路上不认识的人，不管他是否听得进去，你讲了，你就分享了。这位智者有一句经典名句："越分享越享。"你越分享，你就会越得到。

分享就是给予，给予，老天也会奖赏你。宇宙的法则就是：给得多，得的也多。不是今天给，明天就得。我们只管给，至于得的事，是天地的事，不要去想。一切让其自然发生。

给，是爱，是无私，是光。

和

和，与自己和，与他人和。在"和"的世界里，一切都是那么自然美好。要想世界和，就得国家和，要想国家和，就得社会和，要想社会和，就得一家和，要想一家和，就得自己与自己和。如果每个人在任何关系中都能始终保持自己内在的平和，那么，人与人之间还会有纷争吗？家与家之间还会有矛盾吗？国与国之间还会有战争吗？你看，在我们的世界里，帮助自己，协助他人。向"和"的境界靠齐，用和的标准来处理自己内外的生活，那该有多好啊。

曾与小弟小军有过一段这样的对话。

"在我的字典里，没有'利用'二字。"小军说。

"我也是，我是一个很简单单纯的人。我从来不会感觉到有坏人要害我。因为我的心定在了人性好的那一面。"我说。

"让复杂的事情简单化，让复杂的关系变得没有关系。"小军说。这句话在我看来是有着非常深的智慧。

"你的心定在了哪里，命就在哪里。"我说，这是一位智者说过的话。我相信这句话。

这段对话的背后是不是也显现了"和"的另一层含义呢？

和，与各种关系讲和。和，与看起来复杂的人、事、物讲和。和，是生活的艺术，和，是一种高级智慧。

　　内心混乱，是因为自己没有与自己和好。自己的内心有冲突有挣扎。如此，带来的就是混乱的思想，混乱的生活。这时，要学会处理内心的混乱，找到其混乱的根源，从根源上，发现问题，发现自己的缺陷，而后，用平和的情绪来替换它。这时，要一下子达到与自己和解，会有些困难。慢慢来，把心量打开，扩宽思维，用新思维代替旧思维，用正能量取代负能量。生活的困境就是给我们提供了一个提升自己的平台，跨过去了，就提升了一步。

　　我喜欢内心一直能够处于一种平和的状态。我发现，写作阅读最能使我接近这种状态。写，我认为，就是自己的心在与自己讲和。在写的过程中，一种凝神静气的氛围就会环绕四周，内心的愉悦、清净自在会很自然地涌现。于是，在我放下写作一段时间之后，只要有了空余时间，我还是会很惯性地在电脑里敲打一些文字。当我在做自己喜欢做的这件事时，心就能一直保持在一种平和的状态。内在平和了，呈现在外的就是能随时把自己内在的喜悦、爱心很自然地传递给周围的人。

　　如果你想让自己的内心始终保持在一个平和宁静的状态，那么，不防先从自己的喜好着手，看看自己的生活中，还有哪些方式可以让自己达到那种状态。相信自己，你会过上自己想要的生活。

积 蓄

那天，因为内心被工作的烦恼所困，半夜打电话给好友水清，我说如果不工作，有大把自由时间做自己喜欢的事，很闲适，那该多好。

水清说："你应该感恩你的工作，那么好的单位，是你前世修的福。"

"那我倒是很羡慕你，可以整天待在家里，看书，听音乐等。你有那么多的自由时间，等于是在享清福啊。我喜欢那种状态。还可以去外地游学，想什么时候走，就什么时候走，多自在！"我说出自己内心的渴望。

"享福只是一时，受苦是在磨炼。我们来到人间是要经历的，你工作还有那么多的报酬，还可以为别人服务，为别人服务又是在给自己积累福报，多好啊。"水清说。

"我很惭愧，不感恩，不知足。"我很内疚地说。

"你知道吗？我曾经带你去的那个养老院，我们每年会组织一些人去看望他们，还给他们打了一个井，平常送些他们需要的东西。这些老人没有子女的照顾，因为知足，生活得倒很舒心。"水清说。

"人品等于财富，奉献等于积蓄。拥有多的不一定让人满足，拥有的少不一定令人贫乏。拥有的多但不满足的人是穷人，拥有的少但是很满足的人是富人，现在拥有的就是最好的。"在我们结束电话之后，水清很快给我发来短信，令我惊叹她的智慧。

　　静下来，我细细琢磨她短信里的话。是啊，工作中的那一点点烦恼不正是可以磨练自己吗？当考验来时，不正可以检验自己的度量和胸怀吗？我的烦恼不正表明自己还欠缺智慧吗？把自己的工作当作他的平台，多奉献，不要怕吃亏，做自己职责之内的事是本分，做点职责之外的事叫奉献，奉献出去了不是就没有回报了，你不求回报，天地自会以它的方式回报给你，只要心里不存贪求之念。奉献相当于把钱暂时存放在宇宙这个大银行里。多做奉献，守好本分，自然会收获大爱。

　　要知足。知足与拥有多少没有多大的关系，知足就在于有一颗懂得感恩生活点点滴滴的心，珍惜现在的拥有。

　　烦恼还是因为不知足，如果知足，就会升起感恩之心，欢喜之心，不会遇到一点不如意的事情就生烦恼心。学会接受外在加给自己的一切事情，把它当作是对自己的考验。如此，就是转烦恼为平和了。工作的人事环境不也是在磨练自己吗？一切的经历都存进了宇宙天地里。如此想来，烦恼会顿消，自省心会升起。

　　转个念，生活的境况就由此转变。生活中无处不包含着智慧呢。用智慧去处理生活中各种纷杂的事，就是在存储积蓄。不只是往银行里存钱才叫积蓄。积蓄善念在每时每刻，在你的念头里。

减 法

昨天，与好友柳通话，好久没有听到对方的声音。一接通电话，我们就畅所欲言，心好像在对方面前完全打开。柳是医院的护士，却极爱工笔画。我在公司上班，喜欢文学及欣赏艺术。

柳说："我们虽然联系少，但都知道彼此的状态。"我说是。她说，这两年准备办理退休手续，一心画画。柳的工笔画淡雅唯美，总令人回味无穷。面对工笔画，生命是无比的喜悦绽放。如果可以，她真愿意用钱换时间。柳的心思与我是多么一致。我说：时间金贵。我也不愿意把时间全部耗在生计里。如果生计不是问题，那完全可以用时间去成长生命，做让内心喜悦的事。

在生活中，常常面临很多的选择。这个时候，就要动用自己智慧的大脑，听从内心的声音，不能太感性。要常常做减法，就像打扫卫生，该丢的丢，该送的送，该卖出去的就卖出去。不要胡乱堆积。如果不清理，迟早自己也会变成一个垃圾桶，一点用处都没有。环境，就像人心里的房子。外在有房子，内在也有房子。外在清理了，内在也会随时改变。内外相互影响。走进一个环境简洁的房间，心自然是很舒畅愉悦的。这时，心也很容易静下来，而如果周围环境拥挤杂乱，心就会很堵，环境能影响一个人的心。

简化生活，吃得简单，住得简单，淡化欲望，恢复一颗清净的心。不要背负太重，简单就好。来的时候，不是什么也没带吗？走的时候，也带不走一丝一毫。既然这样，就让自己与大自然同步，顺应自然，归于自然。

简化生活，要珍爱时间。时间对每个人都是公平的。如果这里浪费一点时间，那里浪费一点时间，没有专攻，终究成就不了大业。

去繁就简，是智者的生存状态。

清理朋友圈，也是减法。

"不知为何，现在能真正沟通的朋友很少，电话也少，只与一两个联系多点。我原本有些朋友，基本上也不联系，他们约吃饭，我也不想去吃，聚在一起时，很少能谈到一起。慢慢，有些疏远了。是我的心不愿意与他们待在一起耗费时间，我听从内心的选择。只是，内心有些淡淡的说不清的滋味。他们对我很好。"我说。

"不是我们不要他们，是我们对一些人、事、物，选择了自己想要的，朋友也要有选择。"柳说。是啊，选择有正能量的朋友，与自己有呼应的朋友，这样，心就不会那么累，会很轻松。远离负面能量的朋友，因为，他们会拖累你的心。写到这，忽然想起一个远方的文友。从没有见过面，但是，有一段时间里，因为彼此对文学的热爱，就交流了很多。后来发现，我的心不愿意与他交往，因为，他让我的心感到很沉重。于是很多年，就断了与他的联系。静下来，细想，到底是什么原因，让我这么狠心放下一个这么好的文友？内心有个声音回答我：凡是影响到心的，就都可以放下。没有对错，好坏。每个人都有选择的权利。

果断地放下就会避免被动失去。因为心感到累了，就会自动远离。朋友圈那些专门散播负能量的人，只有拉黑，远离。

先生天天很开心快乐。我问他快乐的源泉来自于哪里，他说，他快乐，是因为他快乐的起点低，源泉多。不追求奢华，不追求高档物质享受，容易知足。对于住的地方，他说住在哪里都一样，只要干净。对于穿，他穿着一百元一件的棉布衣服，也无比满足享受。对于吃，他也不需要山珍海味。对于名利，他更加不在乎。他不喜欢当官，不喜欢巴结讨好别人，只是想做一个简简单单的人。他可以用心拍着自己的胸膛对我说：我感觉自己很幸福，很知足。

你看，身边的人在用自己的实际行动，演绎给我看。我深感惭愧。感觉自己真是不如他。我虽知足，但是，远没有他那份幸福的饱满感。

清理，把心灵的垃圾清空，让真善美走进心灵的殿堂，无论走到哪里，都能把美乐带到哪里。

简 单

　　大家都说我是个简单的人，人简单，社会关系简单，头脑简单，处事想问题简单。我不去想别人眼里的我，那个简单在他们眼里也许就是蠢笨。我喜欢简单，喜欢做一个简单的人。不被别人的情绪所左右，不去想复杂的事情，或者复杂的事情在我眼里都是简单的事情。人简单，想问题简单，自由快乐地生活在天地间，想哭就哭，想笑就笑。不去伪装，不去攀缘。希冀自己能够像婴儿般柔软纯真，像春风化雨般祥和温润。

　　清淡寡欲，也很好。欲望少，心就容易清净。吃饭，能简单就简单，一日三餐，清汤素食，多好，省事省心，身体也会少许多负累。尽管，我现在还做不到，但我喜欢那样的境界和生活。喜欢那些在山中修行者的生活，晨鸣钟，晚诵经，伴随着山中清凉的风，温润的空气，傍晚散步于山间，聆听鸟虫的窃窃私语，倾听清澈泉山叮咚。心中向往人间的极乐，向往那样的美和乐。向往，就在心中。只要在心中保留，保留一个美好，亦很好。

　　简单，心容易快乐。这个身体本身就很沉重，再添加一些附加的东西，不就更沉重了吗？让身心变轻，让自己轻灵起来，轻了，就灵了，灵了，就会更接近自然的法则了。

　　因为喜欢简单，也就喜欢独处。独处中有极美。守着那份宁静，守着岁月，看时间一滴一滴流过，看天空中的云彩慢慢流动。在独处中清洗自己内在的浊气，清空了，让更多的美好、智慧、喜乐装进去，装进空掉的内在瓶子里。因为简单，看一切就美好。眼里没有恶人、坏人，只是一个个有自己独特个性的人。恶人，是因为他们不明理，没有人教给他们真实的道理，这些人其实是很可怜的人。心生一丝怜悯，何来憎恨？

因为简单，所以容易相信古人的智慧，比如"吃亏是福""舍的舍得"等，所以，看到乞丐，就想去捐献一点，无一丝求回报的心。

因为简单，所以总觉得万物都有灵。树木、大地、山川、水、石头等，都能听懂人间的语言，我常常跟它们交流，我坚信它们能听得见。那天，在井冈山脚下，有一个石头小店，看着那些或质朴或光润的大小石头，内心喜爱得不得了，遂立马掏出钱，买两块小石头回家，用笔在石头上面写上"感恩石"，因为喜欢，就每天把一块石头放在包里，把一块石头放在枕头边。只要一摸到石头，就想到这是块感恩石，提醒我对生活中的一切要懂得感恩。有时，仅仅端详这块石头，便感觉心是如此满足。石头无语却有灵，若无灵，为何会如此吸引我？石头简单，我亦简单，如果复杂，哪有闲心来与一块普通的石头私语？家人笑我是傻子、呆子，世人笑我愚痴。我独自乐在其中。傻就傻，呆就呆，我没有任何损失，对这个世界也没有太多的欲望，也不想去攀缘、追逐名利。那些，我不感兴趣。我只在乎一颗心的感觉。感觉好就去做，感觉不好就搁置。因为简单，社会关系也就不会复杂。少了与各色人等的纠葛，心受的干扰少了，心就容易清净了。

简约人生

简单做事，简单做人，简单吃饭，简单思考。简单就是给自己的身体和心灵减负。心简单，很多美好的事物就有入驻心灵的空间。心思满满，再美的人、事、物，也没有空间盛载。清理内在的空间，让思想简单，心灵空间扩张，世界因此会丰满起来。一个人的世界其实就是他的心灵世界。我们看起来是生活在同一个地球上，其实，因为精神世界的不同，其实我们生活在不同的世界不尽相同。

我喜欢简单的生活。吃简单的白菜、红薯、白豆腐、小米饭，睡硬板床铺。有书读，雨来时，听雨声，有太阳时，打开所有的窗户，让满满的阳光透进我的房屋；静观自己栽种在阳台上的绿色花草；不说话，让心沉静在对这个世界的感恩之中。

简约人生，是丰富的人生，是有内涵的人生。不需要吃山珍海味。不需要住别墅高楼。物质的丰富不能填补内在的空虚。内在的丰溢是需要心灵真正的营养来滋润。那种营养，可以是无私奉献的美德，可以是孝敬的内心，可以是对万事万物感恩的心态，可以是对一切美好事物的欣赏力，可以是对信仰的追求。

常在工作之余，观赏自己办公室里名为"小家碧玉"的花，花叶翠绿且宽厚，只要给点水浇洒在上面，就会给你展现一片生机勃勃的绿色，有一次，我看见一片叶子掉落下来，不忍心丢掉它，于是就又把它重新插进土里，那片叶子在泥土里居然重新生长起来，扎根，生出新的叶子。这片叶子似乎在告诉我们：

"我不需要太多，只需要一点水，让我生长在土壤里，我就可以好好地活着，活出自己的价值，把自己全部奉献给你们，我无怨无悔，乐在其中。"你看，花也有花的品性。

那天，和朋友荷去不远处的紫云寺，寺里只有两个人，一个人常年累月看护着寺院，打扫着寺院，并在寺院旁边种些菜。每天做着重复简单的事情：清晨起来点香、点灯、打扫寺院，傍晚时分给菜浇浇水。这个人穿着非常简朴，吃住简单，没有多少闲杂的事。可是，这个人的脸上总是充满了慈悲祥和的笑容，举止谦卑，那份知足、那份快乐，真令人羡慕。另一个是僧人，86岁，独自一人住在一个小屋里，门上写着：止语。中间有一间小屋，供着佛。我们悄悄进去，不说话，拜佛，供佛。之后，在屋的四周走走。我们看到，小屋的后面，有一根丝瓜、一点白菜，一个煮饭的锅，山上的泉水静悄悄地流下来，一切都是那么静。这是一个真正修行者的生活，如此简单。荷好似被什么触动了，看到那种景象，眼泪都掉了下来。她说，我好喜欢这样的生活，简单，清净。或许我的前世就是过这样生活的人，如若不是，为何看到这一切，如此喜欢和熟悉？我说，我也是，我也好喜欢这种清净简单的生活方式。有树、有山泉，真好。可是，这样的生活，在世俗的人眼里，就是苦行僧般的生活，有何乐趣可言？可，谁又懂其中的真正意境和趣味呢？

我和荷都喜欢这样的生活。因为，我们的内心都渴望宁静简单。

简单生活，简单处事，没有太多的欲望。我们不能改变复杂的世界，也无法改变他人，那就从自身做起，做一个简单的人，自己简单了，欲望少了，心就容易清净，心静能生慧。有静有慧，不就是富足的人生吗？欲望是毒，多了，会毁坏自己。简单是一种精神，是一种人生格局。简单，能滋养自己的性灵。是花，就绽放花的芬芳，是草，就展现草的风采，活在当下，活出自己真正的价值。

生命是什么

　　驾驶科目二的考试，又失败了。这已经是第三次考试了，此刻我的内心很复杂，很无助。考前训练的辛苦，考试时雨加雪的恶劣天气，加上我那紧张的情绪。这一切，使我的生命似乎经历了一次又一次考验。我总结，前两次失败是因为我不够熟练，这次失败是因为不懂驾驶的一些规则。我看到了自己内心的痛苦。如果当初不考，或许就少了这些烦恼。我是自己找罪受还是不能放下什么，我不知道。我知道，此刻我的心有些苦涩，有些难过。正当我苦闷之时，老师发信息让我思考如下几个问题：一、世界有多大？二、寿命有多长？三、生命是什么？四、你要干什么？

　　我不假思索，立马回复这四个问题：心有多大，世界就有多大。心包太虚，大千世界都含在自己心中。人的寿命是极其短暂的，时间金贵，如果总是患得患失，终会空过一生。

　　那么，再次来思考，生命是什么？

　　以前一直在追问活着的意义。后来我找到活着的意义该是在奉献之中，生命的意义就是解脱之道。但，现在，生命是什么呢？

　　我依旧很茫然，索性闭上眼睛。

　　闭着眼睛，我看到了一个个绽放的生命。

　　我看到了小孩子天真灿然无邪的笑容；看到了春天复苏的蓬勃生机，油菜花像金黄的地毯铺展开来，村野边或红色或粉色的桃花、屋前墙后的茶花、山上青翠笔直的竹子、饱含沧桑的树木、路边的小草等尽情绽放着自己的美丽。这些生命在自己的世界里，将最美的一面展现给世人，默默无声地奉献美、奉献爱，这就是它们生命的价值。我看到了微笑如天使般的脸，也看到了被各种欲望折磨而找不到正确方向的苦难生灵；看到了被病痛折磨的苦苦挣扎的生命；我看到了美，看到了丑，看到了高尚，看到了卑微，看到了乐，看到了苦。生命是什么？在一朵盛开的花里面，我看到了绽放的生命；在一株小草里面，我看到了春风吹又生的坚强生命；在一棵大树身上，我看到了深深扎根土壤的历经沧桑的生命……每一个生命又都承载着太多的恩德，生命是互相关连，互相依靠。生命是爱、是给予、是要在提升自己中觉醒。在回答生命是什么时，我停下来，我想象并思考着，自己的生命里有天地的恩德，先人的恩德，老师的恩德，太多太多。生命是要用来感恩的。

生命是什么？生命是无价的，每个人都带着使命而来。那如何定义生命的无价呢？有智者说，第一是价值，第二是意义，第三是觉醒。人一生，短暂如须臾。为何不充分利用宝贵的生命，做有意义的事，使自己的人生丰富饱满？又为何让时光白白流失，什么也没留下，就要离开？匆匆而来，匆匆而去，不知自己从何而来，又将到何处去，这是最不明理的生命。我们要做明白人，做有智慧之人。感悟生命，升华生命，觉悟生命。

生命是什么？我说不出具体是什么。我只知道，生命不只是你表面上看到的一切。它有深层的意义。看山是山，看水是水。看山不是山，看水不是水。看山还是山，看水还是水。对生命感悟的层次不同，所看到的世界也就不同。

无事是清净

考驾驶证，付出了很多，却总是考不过，烦恼困扰着我，无法驱散。忽然想起一句话："多一事还不如少一事，少一事还不如无事。无事，心自然清净，心清净，烦恼自然减少。"如果当初自己没有报名参加这个考试，那自然就不会有这一连串的问题。还是欲望的问题，驾驶证可有可无，不会开车也没有问题。走路，骑单车，还锻炼身体。欲望多了，烦恼就多。放下的越多，得到的就会越多，抓在手里的东西越多，流失的东西也就越多。无事，是在世俗中应尽职尽责，事上做，心里放下。不是说你该尽的责任不尽，该做的不做。无事，就是不是你应该做的事情，尽量少去做。更不要去为了争名夺利或者为了更多、更好地享受而想方设法去争斗。那样，失去的东西会更多。也不要攀缘，缘分顺其自然，来了去了，皆有定数。这个世界上凡是来到你身边的人都是有缘由的，不会无缘无故，攀缘，会让自己的心失去平静。

常常，在安静的一角展开想象的翅膀，想象自己端坐在宇宙的中心，各种美好的、喜悦的、祥和的事物源源不断地从大脑流经我的身体，于是，在想象中，我被宇宙各种奇妙无比的美好所包围，之后，与之融为一体。想象让自己的精神瞬即拥有了这一切。

常常在家里或办公室，我会想象自己在大自然中行走或静坐，大自然中的绿树、金黄的银杏树、美丽的枫叶、潺潺流淌的溪水、高高的山脉、自然中的木屋、远处金色的太阳等，这些都是强烈吸引我身心的东西，通过想象，它们就在我的面前，我随时都会拥有它们，因为，心里存放了这些美，就拥有了这些美。心中无美，即使是眼前最美的事物来到你的眼皮底下，你也不会用心去欣赏、去感受。

无事是清净，心里没有多的事。不该认识的人就不要去认识，少去凑热闹。多花点时间，去体验生活中的美好喜乐，真正的美好喜乐。多想美好的事物，如此，自己的心会越来越喜悦、美好。

想起前不久，最好的朋友荷想邀我一起去拜访一位修行者，可我不想去。既然不想去，那就是与这位修行者无缘。我相信，这一生，你在什么时间，遇见什么人，在什么地点遇见，缘分的深浅，冥冥中早已注定，何不顺其自然呢。

顺其自然吧，自然是最好。不要无事找事。有事，还要学着在心里放下。这个没放下，又多一个事，人生短短时间，在与各种事物的纠缠之中，时光在虚度中流失，烦恼依然深重，如此，清净从何而来？觉悟又从何而起？

慢慢放下，放下各种事。有事无事在心里不留一丝痕迹。如此，清净无碍。

静坐燃香

　　我已经习惯了，独坐时，点一支高级的檀香或沉香，静思。猛然之间，隐隐约约，似乎能够明白那些男人为什么喜欢抽烟。是可以启发思考或者解忧吗？抑或是让人显得更深沉、更有男人味？

　　我点的香，是不同的，我就这样静静地看着香云，带着一股仙气，像轻盈的女子，一丝丝飘散在空气里，一点点弥漫着。静坐，什么也不想，让心沉静。生命中的那些繁杂琐碎，都隐退消散。此刻，享受独守自己，那么美好。

　　时光就此停止多好。没有过去，没有未来，只有当下。当下，是静止的。心是活的，心在觉察，觉察世间，觉察自己的苦和别人的苦，觉察无常。香烟飘渺里，闭着眼，想着自己离世亲人的音容笑貌，想着他们身前以及离世时的那一幕幕。心，看着他们，凝固在那一瞬间。痛苦，开始，一点点啃噬着灵魂。

　　对自己生命影响最大的恩师前天也离开了人世。此生，我们已经永别。去年，老师还带着我在沙漠里徒步。现在，我再也看不到她了，再也聆听不了她的教导了。

　　在一支香里，我思考着人生。觉察自己的妄念纷飞，那些妄念，那些留念，那些悲欢，都带着消极的因素，心在受苦，却不知苦。在静坐中，在一个人的独处里，我觉察到了这一切。离开的人，那是遵循了自然生死的法则，走就走了吧，追忆也留不住什么，悲痛也解决不了问题。还是好好研究自己的心吧。

　　在一支香里，享受着独坐沉思。想或不想，生命还在。呼吸还在。一生，悲欢离合，来来去去的人，经历了，走过了，该留的留，该舍的舍。追求什么才是生命最重要的，物质、名利、取舍等，外在的华丽，都是为生命服务，为大众服务的工具，不能执着于贪念。

　　在一支香里，我看着自己的人生，看着别人的人生，觉察生命。头脑里常常会闪现我那一个个帮扶对象的脸，他们的渴望、无奈、真诚的笑脸，对美好生活的向往。在我的五个帮扶对象中，我对清香印象尤其深刻。饱满的脸，矮胖的身材，走路有点瘸。

　　这个女人的质朴真心总能触动我。她失去了自己的儿子与媳妇。唯一的女儿嫁出去了。丈夫为了生计，长年在外做事，很少回家。这个女人都是一个人在家。可每次，她呈现给我的是灿烂的笑脸。有时她在乡村的路上看到我，远远地追着我喊"妹儿，妹儿"。手里拿着青菜或者正洗的衣服。其实我是正要找她。昨天，我终于在一个冷得冻人的冬日上午，见到了她的丈夫。一番询问之后，她知道我要去大队拿调查问卷，而大队距离她家很远，于是，她嘱咐她的丈夫用三轮车送我去大队。我害怕，第一次坐小三轮，乡村的路那么颠簸。"抓紧两边，不要害怕，我经常这样坐。"清香说。于是，我听从了她的话。清香的男人很朴实，话少。"你要多回家，照顾好清香，她很孤单的，你年龄也那么大了，保护好自己的身体要紧，自己种点田，种点菜，有吃有住就可以了，不要在外做重活了。"我在车后对他说。"是，过两年就不做了，我也六十多岁了，清香今年62岁。"他说。"那件事，不要多想，子女与自己有缘深缘浅。""时间久了，淡忘了。"我与他似乎有一种默契，他知道我说的那件事就是指他儿子与媳妇的事。但我隐约感知到那件事带给他们的巨大悲痛。

　　我该如何把我懂的东西传递给他们？我突然想起了恩师对我说的一句话。她说："如果我很高，你很低，我给予的智慧你又如何接受的了？"面对朴实的农民，我能给予他们什么。生命的真谛，他们会去思考吗？

在一支香里，觉察到智慧才是每个人真正需要的。

我凝视着那些走进自己生命里的人。有的人本来沟通得很好，可后来就断了，或者不想联系了。有走得近的，但也不是那么默契。有的，只是路过，或是淡如水，无法走进灵魂。能走进灵魂的，即便有一个，也是无比幸运。

感恩生命里那些帮助自己的，指引自己的，排挤自己的，诋毁自己的。我借助着这一道道光，照亮自己。同时，窥见自己的不足与过失。我看着它们，接受并臣服，臣服于自己也是凡夫，有着所有人的缺点。我与自己对话，与自己的"内在小孩"和平相处，不挣扎，不自毁。接受自己，拥抱自己，爱自己，继续发扬光亮的地方，慢慢在反思中弥补缺点，改正过失。

静坐，在一支香里自省。是的，深夜里，一个人独处，凝视青烟缭绕，闭眼，看到了自己言语的过失，念头的过失，行为的过失。同时，也觉察到了这个世界人的善与恶，深切的苦与悲。乐是短暂，一闪即逝，悲苦沉沦，是久远的。是谁在思索苦的根源？又有谁会深思如何脱离苦？

静坐，在一支香里，沉淀。恩恩怨怨，生生死死，都好似潮水般退去。只剩下裸露的灵魂，如朝霞，如太阳，依然是那么圣洁美好。

静坐，在一支香里。在黑夜，闭目静心，听外面的雨声，雪花飘落的声音，风的呼啸声。在万籁寂静中一遍遍思索着生命。

心安是福

一颗心，一寸地，一亩田。要播种什么？主动权永远在自己手里，没有人能够主宰你的意识。

要想收获健康，那就珍惜自己，不作贱自己；珍爱自然。像爱自己一样爱护自然。

要想自己家庭幸福，那就先守好自己的本份，而后，去祝福别的家庭幸福。

要想自己平安，那就为出行的人送去平安，扫去路上的障碍。

要想获得财富，那就要懂得舍得付出。付出才有回报。

遍地是财富。

让自己每天开心，开心也是财富。

最近，总是听到投资者投资的项目遇到障碍，投资的一大笔钱有的是来自银行贷款，有的是来自信用卡，这些都要按时还银行。现金流断掉了，公司前途一片渺茫。投资者心开始骚动不安，失去了往日的平静，就像在原本宁静的水中投入一块巨石，泛起阵阵涟漪。欠钱的惶恐，或不法者没有凭良心做事的不安，浓浓乌云在头顶环绕。

体验了乐，体验了苦，体验了享受，体验了煎熬。远方从没见面的大姐也是在受这种投资风险带来的煎熬，她说："在这段日子里，我体验着一切，开心、快乐、痛苦、煎熬、身体上的、精神上的。各种苦难，死过去，又活过来！

知道了，在世上，就是来体验的。"

亲身体验的东西，是刻印在灵魂深处的。

心安是福，是在生活的各种体验中得出的生活智慧经验。

想赚快钱，就盲目去投资，往往是贪心所致。就算得到一笔大钱，市场也会用各种方式将你的钱收割。贪心是毒，赚钱其实是种修行，财富是福报的呈现，不是你求就有，要自己有能承载这种财富的德行。你特意求，心就不安。要让心安，先要守好本分，守好身、口、意。守好一颗心。只管播散良善的种子。只管付出，其他就交给宇宙法则。清净心是福田。贪心，难得清净。

心安，做让心安的事。种瓜得瓜，种豆得豆。苦果不好吃。

心安，吃饭也香，睡觉也安稳。做事，不会分心。没有焦虑，心情好，与他人的关系就好。焦虑会形成恶性循环。同样，喜悦会带来喜悦的磁场。使自己拥有一个良好的磁场，这个磁场也是福报。

你看，除却贪心，生活中的万事万物都非常美，都值得感恩。吃新鲜的水果蔬菜，冬天晒晒太阳，夏天可以畅游水中，秋天可以欣赏收获的美，春天可以看到绿色盈盈，雨天依靠窗前听雨声，雪天可以欣赏那一片迷人的洁白。

心安了，就会有心去发现生活中的种种美。

心不安，纵然有美食也无心消受，美景亦无心欣赏。你看损失有多大。更严重的，还会影响身体健康。

心安是福。一切福不离心田。

淡

"夫君子之行，静以养身，俭以养德，非淡泊无以明志，非宁静无以志远。夫学须静也，才须学也，非学无以广才，非志无以成学。淫漫则不能励精，险躁则不能治性。年与时驰，意与日去，遂成枯落，多不接世，悲守穷庐，将复何及！"诸葛亮在《诫子书》里如是说。这是他写给儿子的座右铭。

淡，是一种境界。不摒弃私心就不可能达到深远的境界。

荣誉面前，淡然；毁谤面前，淡然；风来了，淡然；雨来了，淡然；富贵面前，淡然；贫困面前，淡然；山珍海味与粗茶淡饭一样，不会在心底掀起任何涟漪。面对一切，淡然一笑。心在月亮之上，世间的一切，有什么值得牵肠挂肚？在乎的是那颗心，是否顺乎自然，顺应道。

淡，不是消极，不是不思进取。它是一种品格，一种气节，一种心态。荣辱不惊，闲看庭前花开花落，去留无意，漫游天外云卷云舒。一颗心，如此淡然宁静，不争不夺，不贪不淫。心如古井，井水碧绿清澈。陶渊明笔下"结庐在人境，而无车马喧。问君何能尔，心远地自偏。采菊东篱下，悠然见南山"的境界是一种淡泊超然物外的境界。只有做到了淡泊，在人与大自然合而为一的时候，方能见到"南山"。

在精神上追求超脱，物质上一切简化。简单，是淡的心境下的外在显现。

淡，能强健身体。淡泊寡欲，则精满，气足、神旺。

现在的人，非常重视自己身体的健康。《黄帝内经》有云："避之以时，恬淡虚无，真气存之，精神内守，病安从来？"保持平淡宁静、乐观豁达、凝神聚气的心境，哪来的病呢？真可谓"正气内存，邪不可干"。

淡是一种胸怀，更是一种信仰。

高僧弘一法师，晚年把生活与修行综合起来，过着随遇而安的生活，有一天，他的老友夏丏尊来拜访他，吃饭时，他只配一道咸菜，夏丏尊不忍地问他："难道这咸菜不够咸吗？"

"咸有咸的味道。"弘一法师回答道。

吃完饭后，弘一法师倒了一杯白开水喝，夏丏尊又问："没有茶叶吗？怎么喝这平淡的开水？"弘一法师笑着说："开水虽淡，淡也有淡的味道。"

弘一法师早就超越咸淡的分别，这超越不是没有味觉，而是真能品味咸菜的好滋味与开水的真清凉。

对万物没有分别心，是淡的更高的境界。

第三辑

生命成长　磨砺心性

差事与天职

"全神贯注于自己的工作，只要做到这一点，就可以磨练自己的灵魂，筑就美好的心灵。有了美好的心灵，就会很自然地去想好事，做好事，为社会，为他人着想，并落实在行动中，你的命运就一定会向好的方向转变。"稻盛和夫说。

回想自己这几十年的光阴，不管是学生时期，还是工作时期，我感觉自己快乐的时光比较少。我有幸福美满的婚姻，一个乖巧的儿子，一份很不错的工作，按理，我没有理由不快乐。可是，到底是什么原因，我的灵魂总是处于挣扎中。

我审视自己的生命状态，没有喜悦，迷茫、纠结、不安总是写在脸上。我的灵魂想旅行，想有大把自由时间写作、读书、修行，可是我的工作又困住了我。而我又需要这份工作给我带来的物质满足。于是，我的灵魂因不能得到真实的营养而变得浮躁、焦虑、苦痛。也许是灵魂的渴求，我拿起了书籍，如饥似渴地读起来。显然，美国芭芭拉·安吉丽思的《活在当下》给了我灵魂及时的滋养。她把自己为了养家糊口而从事的工作当作是肉体仰仗着的"差事"，而真正的工作就是你的人生目的，这个目的是："学习如何待人以诚，学习如何自重并包容自己的不完美，学习宽恕，学习信任，学习爱。"她说："灵魂的粮食是喜悦、爱和赞美、欢庆，享受不到真实刹那的工作，会使灵魂枯竭、饥渴。"

在生命中享受着更多的真实刹那，找到自己的天职，那个，才是自己真正的工作。而如果你要在你的"差事"中来获得灵魂的需求，那是很难的。这样说，并不是要你以一种不认真的态度对待你的工作，你依然需要尽到应尽的职责，只是，要换一种心境，赋予你的工作另外的意义。原来是这样。"差事"和"天职"，这两个字眼，让我的心豁然开朗，像是老天给我的一个奖赏。

读完这本书，开始重新审视自己从事的电力工作，我需要转变一个观念，而不是非得要辞掉这个谋生的工作。为家家户户灯火通明而在各自的岗位上贡献自己的一点光与热，是我们每一个电力工作者应有的职责。或许，我们只是默默无闻的普通员工，或许，有人会觉得每天上班下班，并且十几年一直重复着同样的工作，这种生活，是多么枯燥，多么了无生趣。可是，当你给你的工作赋予了别样的意义时，那么，一切都会转变。难道不是吗？心念在哪里，境界就定在了哪里。

"愿我的工作，能够为每一个老百姓带去光明与温暖，奉献自己微薄的力量。"当我带着一颗利他的心，突然发现，心境完全变了。我不再觉得工作枯燥，不再觉得这份工作束缚了我灵性的发展。内在的快乐重新被点燃，我开始享受自己的工作：当我整理那一张张凭证时，我是快乐的；当我为公司的项目业务付出那一笔笔款项时，我是快乐的；当我以一个党员的身份带着爱与温暖走进一个个帮扶对象的家里时，我的心是喜悦幸福的；当我参与公司组织的各种文化活动时，我是感恩知足的；当同事带着我们做瑜伽练习时，我的心是愉悦绽放的……原来，工作就是修炼自己最好的舞台。

我深深认识到：当你服务的人越多，服务他人的能力越强，你就是一个越有力量与幸福的人。幸福是建立在利他基础上的，只要有利他之心，任何时候，你都可以享受到自己生命的真实刹那，找到自己的天职。

朝圣之旅，灵魂的皈依

　　再次翻看 2015 年 11 月朝圣梅里雪山时的一张张照片。呼吸还在、感激还在、温暖还在、美还在。忽然深刻体会到自己亲身经历的与在网上或别人的摄影作品里看到的美景，那是完全不一样的。亲自体验，是迥然不同的感受。那些美的体验，那些感悟已经深深刻入了自己的潜意识，已经播下了一颗颗美丽的种子。在内心开始有一个决定：此生，我要多体验，在亲身体验中感悟美与乐，在美与乐中体悟人生真理。我坚信，真理在自然中会自然显现。我坚信，在各种体验中，总有一天，我会找回到自己真实的内心。

　　2015，轻轻翻过，2016，已经开启。闭眼追溯 2015 年的收获。内心深处，都是朝圣梅里雪山的一幕幕，在朝圣中，所经历体悟的，已经深深贮存于生命中，永不磨灭。

1. 梅里雪山

　　带着虔诚、圣洁的心去朝圣，不为别的，只为目睹你慈父般的容颜，梅里雪山，心中的神山。据说一年内只有三十多天可以看到日照金山。那天，我们，见到了。清晨，天微微亮，梅里雪山被洁白的雪覆盖，在微弱的光照下，像披着婚纱的羞涩少女，亭亭玉立而又神秘朦胧。抬眼凝望这神圣的山脉，心灵宁静旷远，像被神山洗净，灵魂也跟着纯净了，目光一刻也不愿离开，生怕错过了太阳照射在雪山那宝贵的一刻。是的，很快，我们看到了。日照金山，太阳从雪山顶到山腰到山脚下，一点一点地，慢慢地照耀下来。雪山遇到太阳光，惊艳、美丽绝伦，任何言语无法描述。我们感动着、欢呼着、跳跃着、而后沉静着。同伴说，那年，当他第一次遇见这日照金山的胜景时，他完全被那种美震撼得大哭起来，那一刻，他没有了自己，他全然被大自然的美所融化，生命开始有了极大的触动。我良久注视着面前的雪山，它端坐着，像威严的父亲，又像仁慈的母亲，它一直默默注视着我们，像注视着它的孩子。它绽放着自己所有的美好，是要把父母般的爱全部给予我们。是要让我们觉察到它的爱与温暖。放松自己，全然接受，是此刻真正要做的事情。

2. 雨崩神瀑

且不说看到梅里雪山时的震撼，单单在徒步"雨崩神瀑"时，一路上所经历的在生命中就是无价之宝。"雨崩神瀑"位于云南德钦县云岭乡境内卡瓦格博峰南侧，瀑布从悬崖倾泻而下。藏族人以到"雨崩神瀑"下沐浴为一种洁净身心灵的修炼。"雨崩"，意为经书，是梅里雪山上海拔最高的一个山寨。

在朝圣路上，一路的美景，令人恍若置身净土，没有任何污染，有的只是清净、自在、美好。你看，远处的神山一直默默地注视着我们；满眼的或金黄或翠绿或红或橙的树木花草，在蓝天白云、暖暖的阳光下肆意舒展，绽放，像要让自己的美融化每一个朝圣者；深山中的瀑布，或缓或急，清清凉凉，就连驮运货物的马看到也要驻足停留片刻；朝圣回来的藏民，伸开双手对我们一路说着"扎西德勒"，那是吉祥如意之意。我注视到他们说这句话时脸上绽放的笑容，是那般纯净、圣洁，是那么令人难忘，像婴儿那样天真无邪，像水那般柔软无争。如果没有坚定美好的信仰是无法拥有那样的微笑的。外在朴素，内在尊贵。我们都被他们无思无邪的笑容感染着，感动着，不禁也放松身心，露出内心最真诚的笑容。在路上，我们看到有一批藏民拿着大麻布袋一路捡拾路边的垃圾。这是通往神瀑的圣洁地方，要保持美丽洁净，不能有一丝毫的污染。我们欢喜地加入了他们的行列，一路捡拾垃圾。天上的祥云注视着我们这一群行者，我想它是欢喜和欣慰的。距离神瀑越来越近了，远方的雪山披上一层层银白的衣裳，总是显得那么圣洁和神秘，行走的小路两边都是刻着各种经文咒语的经幡，是这里的特色，又似乎是在召唤着什么。我一个人走在了前面，有回来的藏民一路唱着美妙的梵音走下山。我闭着眼睛，眼前立刻宁静下来。我停住脚步，有一种奇妙的感觉开始注入身心，那梵音不同于其他普通音乐，那分明是召唤灵魂回家的歌。泪开始不停地流，藏民看到我流泪，以为我走不动了，开始围着我给我鼓励加油，我哽咽无语，良久良久，也说不出一句话来。只能默默无语。如果说那一路的美景是给了我视觉上无尽的享受，那么，此刻，内心的真我在神的召唤下开始苏醒。

3. 阳光下读书的女孩

在一张张照片里，我看到了一张这样的照片，静静观看良久，心几近要沉到那个环境里去：那年朝圣途中，住在一个非常美丽的客栈里，清晨的阳光散落在客栈二楼的木地板上，一个小女孩手捧一本书，闲坐在木椅上，旁边放置一个小水杯，脚伸直。丝丝暖阳照射在楼阁的木地板上形成一格一格的长方形，照射在女孩的脚上、身上、楼阁前面的花、灯笼上，静谧安详得令人陶醉。透过这张照片，我似乎还能感受到那时阳光的温暖、清净，安详、美好。朝圣前夕，我们就住在这样一个温暖祥和美好的客栈里，清晨，打开窗户，我们就能看到神秘的雪山。

阳光下读书的女孩，透过你，我看到了自己。喜欢阳光，喜欢读书，享受在阳光下读书沉思的乐趣。这也是我。

索性，我也拿起一本书，坐在一把木椅上，直面对着照射来的阳光。不看书，只是静静坐着，看着阳光，看着木地板，看着美丽的客栈。让心，慢慢变空。

人，应该是简单纯净的。装了太多的垃圾，背负太多的包袱，要清理、倒出，美好的事物，才有空间留存。

我把我这次朝圣当作游学。游学，是为了成长，为了更轻松地上路。阳光下读书的女孩，愿你的生命纯净美好，像清晨的阳光，温暖舒适，美丽自在，而又能把爱遍洒人间。

错 过

其实视线刚触碰到这两个字时，我的脑海里立马闪现的是：不会有错过。错过一个人？一件事？一辆车？一个物？每个人有每个人的人生体验和感悟。于我个人，我认为所谓错过，是你看到的只是一件事情的表象，那不是事情的真相。

哪里会有错过呢？一切皆有因。来时有来的因缘，去时有去的缘由。每一个事物来到你的身边，只是为了让你体验你需要体验的那一部分，体验完了，那个东西就自然流走，流，是一种生命的存在状态。你在体验中让自己成长。只有成长，没有错过。也许，你觉得你很留恋那个体验，也许，你潜意识里想留住一个美好的东西更久一点。但美好的瞬间，让你体验到事物的珍贵；失去，是为了让你体验在失去中学会珍惜。

错过一片美丽的云彩，是让你懂得如果一个极致的美景，时间在那里，地点在那里，但是你却没出现，那就不能说错过，那是你没有掌握自然规律；错过一个人，怎么会呢？常听到这样的话，在一个时间段里，一个人的出现给了你生命新鲜的感觉与触动，但是，缘分浅薄。只有那一段路或者一个眼神、一个微笑的时间，什么也没有留下，就这样消失在人群里，也有的在一起相处很长时间，深爱着彼此，但后来走向了分离。在后来的回忆中，你认为是错过了最重要的东西。留下了一份美好回忆的瞬间就已经是得到了，怎么会是错过了？

保留住一份圣洁的美好，不实现它，是为了在你的心里创造一个神圣的体验，每当想起，心里依然会有幸福美好的感觉在流动，难道不好吗？在一起很久又分离的，那更不是错过，有些或许是只有这么一段浅缘，有些可能是你没有用心。站在更高层面来看的话，这一切，都是有安排的。没有无故的来，也不会有无故的离去。学着觉察发生在自己身边的事，学会接受，不管是好的还是不好的。坦然接受，不责备自己就好了。是的，不要责备自己。学会透过表象看本质。就像剥洋葱，一层层剥下去，剥到最后，是一个空。空了，怎么会有错过？都是让你学习的课程，生活是最好的学堂。

闭上眼，回想自己一生看是否有真正错过的东西，找不到。唯一的亏欠，就是对父亲的亏欠，觉得父亲在世时，我没能好好尽孝。但那又不是错过，我没有错过父亲，我们今生父女一场，血脉一直会延续下去。如果你为自己错过了一个东西而懊悔，那我现在请求你，放下懊悔。让生命中所有的事物自然流动。以前为错过的事物而后悔，从现在起，我们要懂得珍惜所有的人、事、物。

在生命的每个阶段，该发生的自然会发生，我们不关注境遇，只关注自己的存在状态。深一脚，浅一脚，一路走过。或许，因为自己的粗心，真有错过的人、错过的事、错过的景。但这些都不是问题，我们现在心里懂得了珍惜和感恩，收获了这个，就是最大的恩典，那是生活的教诲。

错过，有错过的价值，一切都有存在和消散的理由。

工作塑造人格

　　日本著名的企业家稻盛和夫在他的《干法》一书中有这样一段话很令人深思，他说："工作最重要的意义在于通过工作来磨练自己的心志，提升自己的人格。就是说全身心投入当前自己该做的事情中去，聚精会神，精益求精。这样做就是在耕耘自己的心田，可以造就深沉厚重的人格。"

　　说实在话，我还是第一次看到有对工作这样解读的。工作与磨练自己的心志挂在一起了。我们都以为工作只是自己获得生活食粮的一个工具，只是实现自己社会价值的一个渠道，只是……但是，却没有想到，心志的磨练也在其中。在你对待各种人、事、物的态度中。

　　"人工作的目的就是提升自己的心志。"这是稻盛和夫的观点。提升心志是一件非常困难的事情，有些僧人经过严格的修行也未必能够做到，但是在工作中却蕴藏着可以达到这种目的的巨大力量。稻盛和夫曾在一个电视访谈节目中谈到一位修建神社的木匠师傅的话："树木里宿着生命。工作时必须倾听这生命发出的呼声……在使用千年树龄的木料时，我们工作的精湛必须经得起千年日月的考验。"看到这句话，我很受感动。木匠在他的工作中，展现出了对树木无比敬畏的心情，带着这样一颗虔诚崇敬的心工作，常年累月地从事同样的工作，在这个工作的过程中，一种浑厚的人格、沉稳的心志是不是就磨练出来了呢？那么，对于我们常常抱怨工作的繁杂、找不到工作乐趣的人来说，是不是应该重新思索工作的意义，思索工作这一行为的神圣性呢？我们是不是应该以超越工作本身的眼光来看待工作呢？工作不仅仅是工作。

"劳动的意义不仅在于追求业绩，更在于完善人的内心。"

想想我们的电力工人、线路工、配电工、调度员等，长年累月地与线路、变压器等设备打交道，在冰天雪地里、在深山里，默默无闻地奉献着自己的一切。在这样长久的工作中，磨练了即使在雷雨交加的夜晚也能沉稳冷静处事的品性，因为一个错误的指令可能意味着一次事故；塑造了谨慎严格的工作作风，因为一个随意不按规章制度来办事的行为，可能就意味着一个悲惨事故的发生；在工作中，在与各种各样的人打交道的过程中，又使人懂得了怎样与人和睦相处的原则方法。

"认真地、专注地、诚实地"投身于自己的工作就类似于修行。你看，一心一意、聚精会神、精益求精，这本身就是磨练人格的修行。以前，我还不理解那些全力工作的人，我不明白他们为什么会有那么高的热情，为什么总是要加班，而且把陪伴家人的时间搭进去了也无怨无悔。此刻，我忽然明白了，其实他们在努力工作中收获着不一样的人生意义。

画家朋友

　　朋友柳是护士长，高挑幽雅。护士是她的职业，工笔画是她的专长。那天下完班，与好友荷一起相约去柳的画室坐坐。

　　柳的画室是她们医院里分的两间非常简陋的房子。一间专门用来画画和休息，一间用来喝茶聊天。我们一进去，她就赶紧泡茶给我们喝，她爱喝茶，在品茶中沉静自己的心，而后带着一颗清净无污染的心再去作画。画如一个人的心，这样的一颗心画出来的画究竟如何呢？

　　我急着想看她的画，于是，她就把她的画一件件像拿珍宝似的细细地摊开在我们的面前，我都惊呆了。虽然我不会画画，但我喜欢欣赏艺术，热爱艺术。画中的鱼像要从画中游出来，妙不可言，特别爱那莲花、牡丹。朋友画的莲花淡雅、意境深远；牡丹画像一个清秀的女人心、含羞绽放，自在吉祥。还有那些仿宋朝的画，画面是茶色，是朋友用茶水熏染成的。朋友说，这些画有人都预定好了。她还跟我们说了一些作画前的题外话。比如她画观音菩萨像之前，必定先洗手焚香，以一颗恭敬虔诚的心对着天或佛像拜三拜，接着就是吃素，斋戒清净自心。用一颗清净的心为菩萨画像，才能画好，也是对佛像的恭敬。

　　很惊讶和赞叹朋友的这份心地。这些话也把我的心涤荡了一遍。还不止这些，在与柳的交谈中，发现柳有着非常深厚的古文底蕴，对"四书五经"烂熟于心。深厚的古文化底蕴使她的画耐人寻味。欣赏完这些画，开始坐下来喝茶聊天。抬眼瞥见窗户外那抹绿色，是绿色的花草，给简朴的房间增添了无穷的生机。柳说，有一天，她父亲来到她的房间，执意要把外面的花草清除干净，但都被她坚决制止了。谁能想象的到，窗外的这片绿给朋友带来了多少的欢喜和灵感呢。我和荷也都喜爱那片绿色，我们是有着相同性情的人，都非常热爱大自然中的一花一草。

"你有人生的目标吗？"我问柳。

"有的，我是个很有规划的人。在工作中，我会把所有来到我面前的病人都看作是我的父母和兄弟姐妹，给他们温暖，送他们笑容。工作之外，我的最大的爱好是画画。我的目标是，这几年让我的画进省级展览，最终目标是进国家级展览。"我知道柳不是为了名利，而纯粹是对艺术的无限热爱和追求，一种对深远意境的追求。

"下班后，有朋友来小坐，我就随缘陪着，没有人来的时候，我就静心画画。有时还去跳舞健身。我的朋友很多，都非常优秀，我把他们优秀的品质及思想观点、人生经验吸收为我所有。我需要不断地强大、充实自己的内心，提升自己的境界，让万物为我所有，让自己的心能容纳万物，包容一切、爱护一切。这一切，都是为我的画做准备。一幅画，是有很多的思想内容的。只有自己的心达到了相应的境界，才能画出有高远意境的画。"

朋友的话给我带来了很大的启发。这不就是现代人最缺失的梦想吗？没有梦想就没有方向，没有方向就没有动力，最后也就没有了成就。再看看我朋友的梦想：让自己的画进国家级展览。确定这个目标之后，她生活中所做的所有一切就是围绕这个中心。如何实现目标？注重画技是其次，最主要的还是要不断学习，学习前辈的经验，学习古人的智慧，提升自己的境界。定下目标，而后朝着目标不懈努力。成功在不知不觉中就走近了自己。即使是没成功，想想这一路走过的都是自己一步步成长的路啊。有人说：没有做不到的，只有想不到的。相信柳的梦想一定会实现，有梦想的人的生活到处充满了阳光。

忍辱关

那天，在路上，你对我说，遇到任何事，都要微笑着对人慢慢说，不要急。我听到这句话，回到办公室就开始践行起来。上午，一天，不管谁，都是报以温柔微笑。到了下午，好像老天特意派了一个人来考验我，有个同事无缘无故对我大吼。我当时微笑着应对，可是，后来，我越想越气，到了第二天，我还专门带着怨气对她解释。"你看，我考试总不及格。"傍晚，我与先生一边散步一边对他说，我显得很无奈，很有挫败感。我的忍辱功夫怎么那么差？平常，在我的直接上司对我提出更高要求而批评我的时候，我总是为自己辩解。

"是你的心量没打开。缺乏包容心，有些事，忍一下，别人不但不会认为你矮他一截，反倒觉得你有涵养。"先生笑着对我说。

"可是，我掌控不了自己的情绪。我生气了就要投射出去，要不念头会乱闯。"我说。真想找到一个对付妄念的最佳办法。

"也不是要你压抑着，接受它，去运动或静坐一会儿，过不了多久，你的气就会消了，这样，你考试不就合格了吗？退一步海阔天空嘛。你是学得多，用得少，要把自己学到的知识运用到生活中，就会真正得到益处。"先生的话语让我很是惊讶。再看看他，虽然他平时读书的时间很少，但是，只要是他看到或听到一句经典有道理的话，他就把它用在生活里。你看他，对人总是笑脸相迎，为人谦卑。因为，他心里总是有喜悦、良善，所以，他传递给身边人的就是喜悦、丰足、善良。这种磁场，一直围绕着他。

　　我忽然觉得，他不但是我的爱人，更是我生活的导师。我平常虽然喜爱学习，学了很多，但是，我用得少，就是等于没学。"不是学习没有用，而是学了没有用，所以就没有用。"我想起了一位老师对我讲的话。是啊，学而不用，最后，就成了没有用的人，怨不了任何人。

　　我的心量为什么不能拓宽呢？我思索着，还是不肯吃亏。王凤仪老人说："人有三界，性、心、身。性界清没有脾气，心界清没有私欲，身界清没有不良嗜好。性是命的根。学道的人，一要化性，二要认命。性化了就不生气，不生气才肯吃亏，吃亏就是占便宜。认命就不怨人，不怨人才能受苦，受苦才能享福。""香瓜，苦的时候正长；天命，苦的时候也正长。"我的心量不大就是因为不肯吃亏，受点委屈就难受。"'舍得'我最近特别喜欢这两个字。"先生说。

　　"是啊，舍得，有舍就有得，大舍大得，小舍小得，不舍不得。古人的智慧如果用好的话，会非常了不得。"我对先生说"只可惜，我们没好好用。舍，不只是舍财物，也不只是看舍得多少，关键看舍时的一颗心是不是纯善，是不是带着慈悲。没有财力，可以舍微笑，舍体力等等，就比如我上面说的忍辱，如果我能忍受，能当下承担吃亏，那我也是舍，我舍的是自己的心量，舍的是替人着想，舍的是包容。那样，我得到的将是开阔、心境的提升、人格的提升。"

　　先生很赞同我的话。我们这样的谈话，很有意义。

　　回到家，我单独静坐了一会儿，想起被自己伤害的朋友、同事，曾经被自己的言语所伤害过的家人，我内心突然升起一股从未有过的真诚忏悔，这一忏悔从内心深处涌出，我低垂着头，眼角的泪再也忍不住开始流淌不止。我用自己的亲身经历证明了一点：伤害别人，其实就是对自己更大的伤害。如果要爱自己，就要做到先不伤害别人，先把爱播洒出去。

学会认错

星云大师说："认错是一种美德，是一种高品质，看似简单平淡，实则是大修行。"反省自己，自己有时总看到别人的缺点，总认为别人应该尊重我，而没有设身处地站在他人的角度去思考。

我们可以向父母认错，向祖宗认错，向社会大众认错，向领导同事认错，向天地认错，向万物认错，向佛认错，甚至向自己的孩子认错。星云大师说，往往认错之后，会收到意想不到的效果。一念真惭愧，百道障门开。

那天，我真心对儿子说："儿子，妈妈对不起你，你小的时候，我不懂教育方法，没有好好陪伴你成长，有时还对你提出的问题缺乏耐心，现在想起来，我真后悔，我真对不起你，儿子，请你不要怨妈妈，好吗？"儿子听到我说这句话，有些不好意思起来。"妈妈，过去的事不要放在心上。每个生命的成长都会有个过程。"儿子像个智者一样，深沉地说。说来奇怪，当我的内心真诚认错，并向儿子表明态度时，我发现，我与儿子的关系越来越好，儿子也开始越来越懂事了。

那年，因为自己做错了一件事，在老师面前起了一个不好的念头，被内心清净的老师觉察，老师要我忏悔。当时，我在老师面前，低声说："老师，我错了，向老师忏悔。""错在哪里？"老师的威严让我内心震动。我没有说出自己错在哪里，但开始从内心深处真正思索自己到底错在了哪里。我像是在扮演两个角色，那个傲气，这个的低微；那个的亮丽，这个质朴，那个光鲜，这个实在；那个是世间各种欲望包围着的我，这个是在内心真正认错修正的我。那个在沉浮，这个是人性的回归。

傲慢去掉了，诚心出来了。心不再漂浮不定。

我也曾在婆婆面前认错。当时，婆婆哭了。生活在一起发生的种种误解在那一刻全部融化了。生活还在继续，我们在以后的生活中也许还会不断犯错，做错事不可怕，就是要及时知错认错，不要错到离谱。离了太远，就会迷失本性，生活会越来越苦。

学会认错，是会发生奇迹的。

外在的一切，是自己念头的反应。我错了。简简单单一句话，蕴含着人生的大道理。学会认错，学会谦卑。少看别人的不足，多看别人的优点。静坐常思己过。

学会认错，是一种胸怀，一种气度，一种风雨过后的平和状态，一种人生的姿态，是智者的表现。

认错，不是比人低下，不是卑微，相反，它更能显现一个人的高度，一个人的涵养。你越低，有时越能凸显人格的尊贵。

认错，是改变自己的心性，去其傲慢，降服偏见。

高高在上，则危险重重，低处平地，却稳稳当当。没有谁会去打击一个低头认错的人。

学会认错，就学会了处理各种关系。学会认错，就学会了包容，学会了看人好处，处事谦卑。

认错，是人生的一种态度，一种高级的智慧。让我们学会凡事从自己身上找原因，懂得认错，懂得站在他人的角度思考问题。一生落实好了"学会认错"这几个字，则近道矣。

书之情

平素最爱书。一本好书在手，可以物我两忘。书屋是自己心灵栖息的场所。读书的内容随着年龄的增长而有所变化，

最爱读精品散文和一些外国文学作品，记得我读卢梭的《忏悔录》时，接连几天都失眠。在书中，灵魂与灵魂之间找到了共鸣，不受时间、地域、空间的限制。那种感觉，与自然合一，与天性真我合一。

对于杂志，读书时期我喜欢读《辽宁青年》，工作后，最爱《思维与智慧》，每年都会订。有时，思想中出现了困惑，我就看《思维与智慧》，我总能从这本杂志里找到自己心灵需要的营养。书，一直在伴随着我成长。在书中沉迷、在书中领悟人性的光辉。记得小时候，爸爸给我买衣服的钱，我都把它换成了书；高中毕业后的暑假帮别人做了一个月的冰棒，迫不及待地跑去书店将所得工资108元全部买了书；大学的时候，有一次，在书店里读书到半夜而忘记回寝室，害得全寝室的所有同学急得到处找我；当兵时打着手电筒在蚊帐里看书看得入迷；有一次在外培训，利用间隙到长沙最大的书城买了几百块钱书，其中很多本是著名作家周国平的书。书与我形影不离。我与书亦不离不弃。是的，除非你放弃它，它决不会放弃你。它总是守侯一处，静待你不定期的光临。

家里的文学书籍很多，一次，整理几大箱，捐献出去。因为，随着年龄的增长，我的心告诉我不需要读太多太杂，只需要读经典即可。我后来对心灵方面的书特别感兴趣，如《世界觉醒》《力量》《念力的秘密》《零极限》等。这些书，让我对灵性有了新的认知。喜欢里面的句子，如《零极限》里有句话："心智每次只能为两位主人中的一位效劳，要么它为你脑中的那个叫作记忆的想法服务，要么它就为灵感服务。"

读书于我是生活最大的享受。随时随地读，不受任何局限。

喜欢下雨的夜晚读书，手捧一本喜欢的书，听着外面绵绵的雨声、柔和的风声，很享受这样的夜晚。还有，在桂花飘香的季节，一边深吸着迷人的桂花香，一边闻着书香，书里书外都令人沉醉。

我一直以为自己是不会喜欢读"四书五经"的。因为感觉生硬。后来在一位老师的极力推荐下，我开始拿起了"四书五经"。这一读，发现古人的智慧真是让人敬佩。作为一个中国人，如果不读这些优秀的经典，不走进我们五千年传统文化的精髓，真是太对不起我们老祖宗了。最喜欢老子，如"上善若水，水善利万物而不争，处众人之所恶，故几于道""天下莫柔弱于水，而攻坚强者莫之能胜，以其无以易之。弱之胜强，柔之胜刚，天下莫不知，莫能行。"你看水，甘愿处在卑下的地方，能滋润万物而不与之相争，它总是那么柔和，遇到礁石，它温柔地绕道而走，而不与之对立。弱能克强，柔能胜刚，天下没有人不懂得这个道理，可是真正遵循的又有几人？水的品性最接近于"道"。读这些古书，不需要从头到尾读下来，平常有空，偶尔翻看一下，看自己喜欢的句子，记住它，琢磨里面的深意，再用它来影响自己的思想，指导自己的实际生活。常常看，你会发觉自己的思想境界会提升很快，智慧也会随之增长。即使只记住了其中的一句话，而用这句话来指导自己，也会终身受益。不是有"半部《论语》治天下"的说法吗？可想而知，这些古籍的智慧与力量是多么博大。

有人说在别人的思想里活着显得有些悲哀，是的，如果没有自己的思想，而只是让一些庸俗的思想来装扮自己的头脑，这样的人确实显得悲哀，或者有自己的思想，但都是些被私欲填满的思想，那这样的人也是悲哀的。但是，活在那些有大智慧、能洞悉人生哲理的古代先人的思想里，用古人的智慧来引导自己，也是可悲的吗？如果可悲，那还有学习的必要吗？子曰："学而时习之，不亦说乎？""知之者，不如好之者；好之者，不如乐之者"。我喜欢阅读，喜欢书，学习是没有止境的。书，给了我无穷的力量。无论悲伤，无论欢喜，书总在默默地抚慰我的心灵，给我的灵魂注入它所需要的血液。

我不是圣人，只是一个平淡无奇的凡夫，有着很多的缺点，可是我愿意通过学习，通过书籍，修正自己的不良习性，走进圣贤智慧之路。路还很漫长，正确的认知是觉醒的开始。我还在觉醒途中。

浩然正气荡漾心中

那个周末的早晨，静谧安然，我一人闲坐在楼上的沙发椅上，无所思无所作，一种空灵的状态令内心无比和谐统一。窗外的桂花香伴随着清晨凉爽的微风令人如此沉醉。享受一天的开始，让心全然绽放，接受自然的美好。

"弟子规，圣人训，首孝悌，次谨信……"户外怎么会传来如此深入内心的熟悉的朗读音。这也是我自己常常背诵的《弟子规》啊。声音越来越近，越来越清晰，只见一位老师带一群学生一边小跑一边诵读。我的心立刻被激活，赶快走近阳台张望。哦，多么令人振奋和久违的场景啊：老师读一句弟子规里的内容，学生念一句，句句正气十足。坐在屋角闲聊的阿姨们也被这种正气吸引了，他们注视着这一群老师学生，赞叹着。

我由此联想到了古代的私塾学校，他们在学校里所学的内容不就是这些吗？《三字经》《弟子规》《孝经》《朱子治家格言》，四书五经。这些优秀的传统文化的经典，就是日常的朗读，也会有一股浩然正气在心中荡漾开来。多么向往这种私塾学校啊。

思绪飘忽了一刻，内心开始对这个老师赞叹不已。他们在我住的这排房屋的小路上反反复复地朗读着，刚开始边跑边读，后来边走边读。我忽然想到了自己前些日子订购了很多《中华德育故事》的光碟，这张光碟用动漫图画的形式展示了我们中国优秀的古典文化，给人深刻的教育和启迪。对，我要把这个光碟送给这些老师和学生们。于是，我赶紧拿了几十张，跑下楼，开门，迎接对面走过来的老师。见到老师，老师给我行了个礼，这一举动又是让我吃了一惊。他们不但在读弟子规，而且把经典的道理用在了生活中。想起自己的一言一行，深感弗如。

"我觉得你们非常了不起，在现今我们这个小县城，居然有人领读经典！很令我激动和振奋。"我真心实意地对领读的老师说，"这些德育故事非常好，我送给你们。"

"好的，谢谢你。"老师说。

老师三十岁左右，气质不凡，眉宇之间正气十足，一看就知道是个不寻常的人。

"你们是哪个学校的？"我很好奇。

"我们是义工联合会的。就在你们小区的前面。我们那里也有很多非常好的光碟，你有空可到我们那里来取。"老师说。

"哦，我知道了，谢谢你。"他的回答又令我敬佩。

义工联合会，这个名字意味着这是一群无私奉献的团体。我接着把德育故事的光碟分发给了我的左邻右舍。我儿子在小的时候没有看到这么优秀的传统文化的光碟，希望这个遗憾就到我家为止。祈愿每个家庭都能受到传统文化的教育，每个孩子都能从小就有一个远大的志向，都能成为国家的栋梁。

按理，我这个故事该结束了。可是，我自己也没有想到后来又发生了一件事。

"我的工作既不为当官，也不为名，我就是想实实在在为老百姓办事。"一位民警对着围在一起的邻居们说。原来是我家前面的两户人家因为房子的事情而闹得即将打起来，民警赶来协调。我走过去看。咦，好熟悉的相貌。这位民警不就是前段日子带着学生读弟子规的老师吗？怎么是他？后来了解到，原来他的工作是警察，他也在负责我们这个小区的治安。在义工联合会当老师是他的兼职。这是一个拥有怎样内心的人？他的内心一定非常充实饱满。

"叔叔，阿姨，能在一起成为邻居是缘分，我们要多看别人的优点，不看别人的缺点。希望协商好之后，你们两位邻居能相互拉个手，和好如初。"民警说。

邻居们很赞赏这个民警，觉得他的话句句入心坎，把本来闹得不可开交的邻居的心给软化了。

同一个人，两件事，一个阳光年轻男子的形象已经刻在我心里了。

活 着

　　年少时，曾经向一位老师追问活着的意义，他对我说：你怎么这么傻呀，人生没有终极意义。我含含糊糊地记住了这句自己不是很明白的话。

　　我不再追问什么意义了，我只是从此开始认真生活，认真对待每一个属于我的日子。我的快乐、幸福、忧伤，那是生活给予我对人生不同的体验。人生充满着七彩阳光，充满着百味杂感，明媚的阳光令人心旷神怡，但你不觉得雨后的彩虹更令人感慨万千、激动不已吗？付出不一定会得到你预期的结果，但没有付出你就永远得不到你想要的结果。每一个生命都是值得好好珍惜的，好好活着，有质量地活着就是对自己生命的爱护。痛苦是有，挣扎是有，别人强加给你的困扰是有，甚至污蔑、怀疑、排挤、不信任一起向你袭来，你开始觉得生活到处布满着灰色，你的步伐开始变得又慢，又重或者是根本迈不动前进的脚步，你想逃离所有的人到一个陌生的没人认识你的环境里去，向往着没人打扰的自由，那是你诚实的心灵一直的渴望。你最终开始怀凝自己并对自己失去了信心。待这一切持续了很长一段时间之后，待来自心灵的挣扎一次次被琐碎的事物平息得差不多了的时候。你脑子里想的最多的只有两个字——活着。

　　是啊，活着不容易，每个人活着都不容易。最近我就一直在心里对自己重复着这句话。我该如何向别人诠释这句话？或者我自己本就是想从这句话里得到些许安慰？

余华的《活着》一书，在我早些年一口气读完的时候，它给我心灵的震撼至今还在不时激荡。故事的主人公福贵命运的坎坷不计其数，他失去了很多很多，我记得最清楚的就是，一路上他认识的好多人一个挨一个死去，可他却活到了很老很老。年轻时靠祖上留下的钱风光了一阵子，以后就越过越落魄，这样反倒好，看看他身边的人，龙二和春生，他们也只是风光了一阵，到头来连命都丢了。福贵用一生的经历感慨："做人还是平常一点好，争这个争那个，争来争去，赔了自己的命。"他的失去与得到不知孰轻孰重。他比别人多活了很多年，他赢得了美好的光阴，赢得了生命。但他如果懂奉献、会修行，那他生命的层次就又会不同。智慧地活着才是王道。

活着，包含的内容实在无法概括。活着，就该有品味地活着，不管是苦的，酸的，甜的，辣的；活着，就得活得有尊严有气度；活着，就是活一口气，为自己争一口气；活着，就要活得有时灿烂无比，有时平静如水；活着，尽量吸取阳光的温暖、自然的清新，欣赏美丽的晚霞，山脉的永恒；活着，就是要活出一种境界，生如夏花之绚烂，死如秋叶之静美。

上面对于活着的文字感言是很久以前写的。我一直没给任何人看，因为"活着"两个字的意义需要用一生的时间去体会，而这些粗浅文字又如何说得清。四川汶川地震震动了全世界人民的。我在痛心同胞受如此灾难的同时，泪水一次次地留在了脸上，而心灵开始有了一次更彻底的洗涤。我在重新衡量"活着"的意义。是的，面对那么多鲜活生命的失去，面对灾区人民遭受的灾难，我们自身所处的环境，我们的家庭、工作等都是完整无缺的，更重要的，我们还有生命，拥有了生命，就拥了一切，你不该对生活抱怨什么。地震给灾区人民留下的是永远的心灵伤痛，给全国人民留下的是无尽的牵挂，更主要的是好多人因为这次地震，心灵开始有了更深的思考，人生观、价值观开始有了改变，人们开始重新审视活着的内涵。"活着"就要活得有意义，"活着"就是要好好对待自己的生命。从废墟中被救出来的人，"还活着"就是上苍赐予他的最好礼物啊，"还活着"，那是抢险人员心中的希望和惊喜；"还活着"，在那一刻，是全世界的人民都渴望听到的最动听、最美的声音。

第四辑

看见喜悦 看见财富

归 零

过去的已经过去，不管是辉煌还是衰败，都无需去追忆，因为，抓不住，也不可得，真正有价值的是当下。守住当下，时刻让自己处于归零的状态，每时每刻都是一个全新的开始。

生命的短暂，时间的易逝，那些负面的情绪，应当及时清理。让自己拥有一个积极美好的心态。归零，即是清理之后的空灵，也是重生的美妙。

新时代、新思维、新世界。展现在自己眼前的是一个无比丰盛、美好的世界。每天，工作、学习、漫步，闻闻花香、亲亲树枝树干、晒晒太阳、看看泥土、望望蓝天，品美味果蔬，听美妙音乐，学习国家新政策……那么多的美好，哪里有时间精力去整合负面情绪。当情绪来时，接受就好。学着凝视这种情绪，不抗拒。之后，学着去转化。

转化，归零。一切又是新的开始。

活在当下，珍惜每分每秒不只是说说而已。要让它呈现在自己的生命里，提高生命的品质。一天，又一天，一年，又一年，每天收获了什么。给自己制定一个计划，好好规划，自己想要的，一定要朝着它努力，让它变成现实。有了计划，有了目标，多余的杂事自然会清理。如果什么都抓，最终什么也抓不住。

好好活着，活在此刻里，活在美好的感觉里。做自己喜欢的事，学会觉察自己的生活以及生命状态，觉察一颗心，看它在做哪一件事的时候，心是喜悦的，生命是绽放的，在做哪一件事的时候，心又是悲苦的。自己的心，自己最清楚。告诉自己，要多去做心喜欢的事，多去感受美好积极的事物。

印度合一大学校长巴关说："当你不是做着你爱做的事情时，你的创造力也会降低，变成不快乐的人。不快乐的人无法成功，只会造成别人的痛苦，你的心会枯竭，当心枯竭时，你就会逐渐平庸。"

"当自己发现自己的所爱并付诸行动，你的心才会觉醒，智慧才会绽放。"

"当一个人做着他热爱的事情，或热爱他所做的事情，成功必然会来临，因为心的决定总是吉祥和神圣的。"

归零，是关注自己的生命状态。

归零，是守住自己的心，在当下。

心是无限的。大千世界，复杂多变，人心亦然。归零，就是要及时记得回到自己的内心。让自己处在顺流中，和着自然的规律，和着水流的声音、花草的芳香，融入到无限的美好、无限的富足、无限的宽广。让自己与自然融为一体，与世界合而为一。

回到婴儿状态

练瑜伽时，最喜欢最后一个动作，老师要求我们把头贴地，身体跪拜蜷缩成婴儿状休息。四周静悄悄，我想象自己是一颗小小水滴，或者是一个小小生命，真的还在妈妈肚子里。我是如此安详，好像世界上只有我一个人。我全然放松，没有烦恼，没有恐惧，没有嘈杂。我只听到自己的呼吸。

回到婴儿状态，整个身心是柔软的。每一个人，刚出生时，不都是很纯净的吗？想要什么，就直接要，想哭就哭，想笑就笑。所有大人都围着他转。他纯真地活在自己的世界里，只跟随自己的心活着。

敞开自己，没有什么好遮掩的。让所有的情绪也都放空。

几十年的时间，我们被生活染上了各式各样的颜色。本来的纯净透明，变得模糊了。我们需要再次去清理，回到当初。修炼，不就是修一颗心吗？让心再次回到婴儿的状态，心似琉璃。回到婴儿状态，内心没有贪嗔痴，不想争夺，不问名利，脑子空而清明。身体里的每一个细胞都那么祥和宁静，如平静的水，满心感觉这个世界的一切都很神奇。

回到孩童状态，尽管软弱无力，但却又力量无穷。人们只想去保护他，爱护他，不曾想去攻击他。就是遇到攻击，也伤不到他的筋骨。因为，他的身体像柔软的水，有弹性，有伸张。

回到孩童状态，因为在低处，谦卑，所以，就很自在随心地活着。像路边的花草，默默绽放，无欲无求。

回到孩童状态，无论置身何处，都能无忧无虑地享受当下。想象在一个温暖的冬日，静静地坐在草地上玩耍，青草细而又软，天空蔚蓝一片，温暖的阳光照射在草地上，照射在身上。你被一道吉祥的温暖光芒包围着。有时，还有金光闪闪。多么美好的生命啊。

回到孩童状态。仔细打量这个世界，这个世界的模样，是由你来决定的。你复杂，它就复杂；你简单，它就简单。复杂吸引复杂，简单吸引简单。你在哪个境界，就会被带到哪个境界。

不要太坚硬，太坚硬也容易受伤。而越柔软反倒越不容易受伤。让心变柔软，再变柔软一点。学会与自己和解。自己的心，是最有力的武器。武器在自身，不在别人身上。看那些武功高深的高不在于那一招一式，功夫高到最后就只剩下境界，没有固定的模式。与天然合一，与道合一。人的修行不也是这样吗？只修一颗心，修到最后，没有分别，没有是非你我，没有我。正如《金刚经》上所言："无我相，无人相，无寿者相，无众生相。"这就到了圆满的境地。

静静的村庄

乡村好宁静。水泥路干净清爽，路上没有行人。路两边是大片的田野，田野里有浅浅的水，鸭子在田间点点水坑里嬉戏着，一头扎进水里，一下子冒出来互相拍打着，像一家子聚在一起享受天伦之乐。尽管，在田间不能像在河水或者水塘里那么畅游，可这不影响它们当下的欢快。当下在哪种境界，就享受哪个境界。有一分钱就享受一分钱的快乐，有两分钱就享受两分钱的快乐。

我无数次地走过这个村庄，这里有我的五个帮扶对象。每次都是公司里的司机从县城开车到村委会，然后村委又安排送我到达距离贫困户较近的路上。可是，这次不同，这是我第一次一个人骑着电动车在村间。这辆电动车还是从村委会借来的。

独自享受这静静的村庄，心无比舒畅。

到达贫困户附近了，我把电动车停靠在路边上，步行去贫困户家里。黄泥巴路，清新的空气，小鸟在空中欢快地歌唱。我稳稳地走，静静地呼吸。看到清香了——我的一个帮扶对象，在路边上，她丈夫也在。清香夫妇好开心，我们一起走进家里，整理资料，询问身体状况。清香头痛，腰椎不好，有时，我会带些她需要的东西给她，自从她吃了我送给她的丹参粉，她的头痛立马好转。清香总想回报我一点东西，我当然不会接受。这次，我说，你装把米糠给我吧，我带着在路上喂鸟。

　　带着清香家里的米去另一家贫困户，一边走，一边撒米，鸟一定饿了。有些别的小动物也会吃，有一头牛在田间，看到我，不惊不喜，像是看到一个熟悉的好朋友，它的眼神是亲切和蔼的。我对牛大声喊到：黄牛朋友，你好啊，愿你快乐无忧。"牛眨巴着眼睛，好像真的在听。

　　到了龙叔家门口了，只见龙叔的老婆在门前摆弄着干菜。阳光下的干菜整整齐齐排列在一起，像一行行的诗，那么趣味怡然。房前放着木材、簸箕、铲土车，这是他们的宝贝。也是我喜欢的。

　　带着阳光般的心，我把微笑与快乐带给这两位老人。龙叔带着斗笠，脚穿一双蓝色的套鞋正用柴火烧饭。黄泥巴砌成的灶被柴火熏黑了。四周墙壁上的青土砖也被熏得黑乎乎的。我静静地看着龙叔专注地往火里添柴，心也静了。这里，一切都很熟悉，让我找到了自己童年的感觉。童年，我就是这样陪伴着奶奶在昏暗的土房里，围着这样的灶度过一年又一年。我喜欢这个静静的村庄，这里的人，这里的景，让我的心恬静安详。"龙叔，我给你拍张照，你不要看我，就只管添柴。"龙叔戴着斗笠憨笑的样子很像父亲。

　　一番询问，谈心之后，临走，龙叔老婆说要我带着干菜回家。我看着干菜干干净净，又能闻到阳光的味道，于是，我说："那就带一餐的量吧。"这是我这两年帮扶来，第一次拿老百姓家里的东西。他们好开心啊，脸上的笑就像是看到自己的孩子接受了父母真心的爱那般灿烂。我顺手从包里取了一百元硬塞进他们手里。他们手足无措，流露出无比感激的神情。

　　总是记得每次我离开他家，走了很远很远，回头还看到龙叔趴在自家的围墙边，远远望着我。那屋地势高，他在高处，我在低处。我向他挥手，要他进门，他也迟迟不离开。我一边走，一边时不时地张望他。中间隔着大片大片田地。

　　这次我直接走田间小道。看着那一块块土地，心欢喜地要蹦出来。呀，这不是六叔吗？他有哮喘病，此刻，他正在用锄头整理田地。"六叔，你在干嘛？"

我大声喊他。他抬头，手里举着锄头，望着我憨笑。土地泛着金黄的光芒。六叔旁边放着一个簸箕，里面装着看上去是刚刚挖出来的大蒜。我又用相机拍了下来。"松土。你来了。"六叔亲切地对我说。"回家吧。"我说。他收拾东西，我们一起走，似乎有一种默契。"你怎么只给他照相，不给我照呢。"另一个也在松土的大叔笑着对我说。"哦，对，我现在就照。"我笑着赶快给他拍摄。"大叔，我已给你照了啊。""好，谢谢你。"他继续整理土地。这个农民不是我帮扶的对象，没有与他打过交道。不知他姓什么。哦，想起来了，有一次，六叔不在家，我记得是嘱咐他把资料交给六叔的。他当时很爽快地答应了。谢谢你，不知名的大叔。我在心里对他说着。

忽然觉得这些人就像自己的亲人，像年迈的父母。我愿化作一阵春风，为他们送去一丝温暖，拂去他们额头的愁云。我爱这些农民，他们是我们的衣食父母，是生命的根。

静谧的午后时光

夏日的一场雨，鲜活了烦闷的空气，连那凉爽的风也显得异常珍贵。很久没有给自己一个空闲写字读书的时间。今日，我什么也不做，想滋养自己的心。于是，写写字，拿一本《孟子》的小册子读一读。办公室里同事的走动丝毫干扰不到我内心的清净。这样的时间，于我很是珍贵。更珍贵的是，外面的雨声、风声，湿润的空气，自然界对人间的恩泽无处不在。无限感恩的心在滋生蔓延。

想起一个心性有点相近的朋友，打个电话过去，问过得如何，那边的她似乎正在作一种思想的挣扎，她说："最近不知是因为父亲生重病的原因，还是自己的问题，在工作中，与个别同事总是沟通不顺畅，导致心情沮丧。我总在自责。"顺着她的话，我安慰道："在工作中遇到这样的事情是非常正常的，不要把自己当圣人要求，是人，就会有些负面情绪，请允许自己是个凡人，有悲有伤有喜有乐，有愤恨有嫉妒。这一切，请先接受，接受自己的不完美。"她说："今天，心很烦乱，无意中看到了你曾经送给我的一位智者的书——《心安便是喜乐》，我打开，看到了一篇《请接受自己不够好》的文章，看后，心灵的苦好像被疗愈了好多。谢谢你送给我的书。"说到这儿，她那边有人找，电话搁置了一会儿。在这个间隙，我翻看着《孟子》小册子，忽然看到有一句，可能对她有启发，就记下来。不一会儿，电话来了。她问："你在工作中也会遇到这样的事吗？我说："肯定是有的"。

　　"那你是怎么处理的？还有，当我不喜欢一个人的时候，我就会在言语、表情上都会表现出来，我有时强力压住自己不表现出来，但是，很奇怪，对方却感知得到。她知道我不喜欢她，就会在工作中有些不配合。"

　　我说："遇到自己不开心，或者在生活中面临困境的时候，可以这样做，这也是幸福学之父本—沙哈尔说的，第一，锻炼身体，在锻炼的时候，身体的阳气会升起，阳气升起则阴气会逃遁，负面情绪会消弱。第二，写日记，把自己心中的苦闷写出来，那么，在写的过程中，负面的情绪也就跟着倾泄出来，这就是自行排解了自己的忧愁。第三，找个人倾诉。同样，在倾诉的过程中，负面的情绪也会从体内排解出来。我建议你，采取锻炼身体，加上看我送给你的那本书，很多心灵需要的答案在那个书里可以找得到。"

　　"接受自己的不完美，但是不能就此停止，还是要在静下来的时候，多反观自己，我看了孟子讲的一句话，非常好，就与你一起来分享。孟子曰：'爱人不亲，反其仁；治人不治，反其智；礼人不答，反其敬。行有不得者皆反求诸己，其身正而天下归之。'意思是'爱别人，别人却不亲近你，要回过头来考虑对别人的爱是否充足；管理百姓，却没能管理好，要回过头来考虑自己是否够明智；对别人以礼相待，别人却没有对你以礼相待，要回过头来考虑自己对人是否尊敬。做什么事有行不通的，都回过头来从自己身上找原因。'

　　"外面的境界其实就是自己内在的投射，当自己的心境变了，外面那个不好的境界也跟着转变。每个人都会有自己的磁场，你不喜欢一个人，那个人的内心也能感知得到你与她不在一个共振频道上，试着改变自己的心，站在对方的立场上，用爱心体谅她。当你传递的是爱、是慈悲的信念时，你会发现，一切不好的境界都在随着你的改变而改变。"电话里，我们彼此滋养着生命。生命的律动如此顺畅。

看见喜悦，看见财富

上坡，脚踏青色石阶，一步一欢喜，一步一回头。微闭双眼，想象自己在高处，在云端，俯视在苦海中奋力挣扎的芸芸众生，悲喜交集。轻轻往上走。走过石阶，抬头，看见那盛开的茶花，从墙角探出头。红灿灿的，那个美，令人的心也乐开了花。

墙角盛开的茶花，静静绽放她所有的美。无声无息，默默奉献，不求回报。面对如此的静美，内心像被洗涤，心瞬间被打开，世俗的烦恼被这一道亮丽的光消隐。墙角的茶花，是在以她的方式，度化着这世间的有缘人。所谓有缘，就是能懂她的语言，能懂她的深意。

我发财了，因为，我透过这朵茶花，看见了喜悦，看见了富足。心被打开，心喜悦了，绽放了，就是财富，心是无量的财富，无量的财富就在一颗简单的心中。就在知足里，在感恩里。

感恩大自然，让我们能享受到自然美，吸收到自然精华。大自然就是一个宇宙，一个大千世界，里面有无量的喜悦，无量的财富，无量的智慧，无量的福德。拥抱她，用心贴近，贴近泥土，贴近山川，贴近花草树木，贴近……倾听她们的声音。你会发现，这里，什么都有。就在这里，静等着你来发现、你来领悟。

我感觉到了这小小的茶花带给我的欣喜。她是吸收到了宇宙无穷无尽的能量，凝视、赞美，想象自己与她是一体。我们在一起，多么的宁静和喜悦。

带着她在我体内留下的美妙感觉，继续走路去上班。脚步轻盈，感觉美好的事物，原来是很神奇的。她在我的体内发生了作用，这种美好的感觉，会一直保留在记忆里，随时翻阅，随时都会显现。

那些心灵大师们也总是强调，要看美好的事物，多看美，包括多看别人的优点。你的心专注在哪里，就会把自己带到哪里。你专注美好，美好的事物会更多的被你体内散发的磁场而吸引过来，你专注污垢，更多的污垢就会到你的身边。

世界是你的心映现的。你可以创造自己想要的世界，就在你的念头里。花盛开时，有鲜艳灿烂的美；花枯萎时，有枯萎的美，那是绝美。就像树木，繁盛时，郁郁葱葱，树叶全部凋落时，那一树的虬枝啊，与蓝天相衬，那种美，不是用语言所能形容的。

看见了喜悦，看见了财富。拥有了喜悦，拥有了财富。我深爱着的你们，是否也看见了呢？

冥 想

独自漫步，在黄昏里。看夕阳，看大路，看远处的山脉，看车来人往，看路边盛开的花。我的意识引着我的身体在走，身体是动的，心是宁静的。所有进入我眼帘的事物，都是我的参照物，通过它们，我更加看清楚了自己的本来面目。我不只是我。立在风中，想象自己与整个宇宙融为一体，我是虚空无限大。蹲下来，缩小自己，想象自己相对于地球而言，微小如尘埃。

我不说话，就这样一直走着走着，专注于自己的脚，专注于脚下的路以及我的身体。是的，有一种深度的宁静开始在心中漾开。我感受着，体验着。体验着，感觉着。生命在这样的过程中，领悟出真正属于自己的东西。宁静中，有个声音开始冒出：冥想不只是在静坐中，任何只要使自己的心进入深层喜悦、宁静、自在、专注中的事都是冥想，如走路、写作、阅读、作画、运动、劳作等。冥想甚至可以在生活中的点点滴滴里。这些话语，也许很多大师级的人物早已说过，可是，他们说的，是他们体验的，我在书本上看到的，也只能是看到别人的经历，而此刻，我深刻感觉到的，才是真正属于自己的。因为，学习的是知识，体验了，才能有真实的感觉，感觉直接进入灵魂。请大胆敞开自己，尽情体验吧。

冥想无处不在。在做饭洗衣清理中冥想，心专注于手下的事，想象自己的付出给家里人带来舒适的感觉，此刻心是愉悦欢快的；在天地里冥想，头顶蓝天，脚踩大地，向天，有宇宙的恩宠，向下，有大地的厚爱，自己是天地间幸福的宝贝；在一朵花前冥想，凑近，闭上眼，深吸一口，闻闻路边花草的香味，让一股清香，流进心田；在一颗古树前冥想，拥抱它，脸贴近树皮，闭上眼，静心几分钟，想象大树的能量从头顶融入自己的生命，此时，一切是静的，什么也没有了，心越来越宁静；在阅读中冥想，在一本书里，深入阅读，深入作者的灵魂，自己与之共舞，与之共鸣；在写作中冥想，思想在这一刻凝聚，心沉静下来，让思想通过一支笔，一个键盘，倒流出来；在作画时冥想，自己想要表达的意境，构思的过程，全心的投入，那份物我两忘，分明就是一种极致的冥想……

　　昨日中午，倚靠在窗户边，听雨声。喜欢听雨啊，雨先是细细飘落，之后，倾盘而下，急促中像是要扫除这个地球的一切污垢。是想还这个世间一个洁净吗？问雨，雨不作答，只专注于它的飘落。闭眼听雨，雨声合着我的心，让心进入深度的宁静。雨，是上天给我们人类的一个奇迹。我收获了一个生命的奇迹。我看到了奇迹，于是，我就收获了奇迹。我把听雨，也称作冥想。让心专注，保持那份觉知，冥想在生活中的每一个存在，每一个当下，每一次呼吸里。

生命是场体验的过程

是的，生命是场体验的过程。不管是喜是乐，是伤是悲，是煎熬是折磨。这一切，只是为了让你体验，并从各种体验中领悟生命的真谛。曾做错的事，要知错就改。从迷途中走出，会更能看清前进的方向。不要在意什么，生命是自己的体验，与他人的看法无关。生命只关乎你在怎样的体验中成长。有时候，你会感觉自己走到了生命极致痛苦的边缘，有时候你又会觉得自己生命中的每个细胞都在绽放着喜悦欢快。极致的痛苦会带给你更深的思索，是上天在给你一个暗示，暗示你的生命需要走进一个深层的醒悟。走出来，前方一直有人在引路。生命绽放的喜悦也是上天给你的奖赏，因为你为你的生命提供了真正的滋养，爱、感恩、付出，这些会让你体验更多的喜悦。原来，生命是爱的交响曲。一切的体验都是有缘由的。学会接受一切，接受也是爱自己的开始。好好爱自己，好好体验。在体验中成长。

每个人都有各自不同的体验，每个个体生命都有它需要体验的部分。我们都有需要体验的不同课程，在人间，你要学会觉察。觉察自己真正需要体验的部分，不断地体验。在体验中，你要学会思考，为什么会安排一个这样的事来让自己体验？这个体验，背后的真相是什么，是在提醒我什么呢？就这样一步步思考，一步步回到生命的本质。

人生就是用来体验的，体验完了你自己的那部分，就放下它，轻松往前走。

在体验的过程中，有痛，有悲，有挣扎，有感情的波澜起伏。当苍天认为你已体验完而中途收走一切，此刻的你，如果还沉浸在其中，你会感觉异常的痛苦。要告诉自己，放下吧。这只是一个游戏。游戏结束，就不该沉迷，还抓住不放，就是缺乏智慧。

是的，生命的不同体验，都会给生命带来不同程度的痛。亲子、伴侣、父母等这些关系，如果哪一个环节不通畅，那就是你着重体验的课程。不通畅，说明生命里有错误的思想观念、行为需要改变。也许，在生命的历程中，有几段路你走了弯路。此时，告诉自己，不要后悔，不要责怪自己。走错了，及时回头，在错误中总结自己，从错误中学习真正的智慧。坚定的正确信念，在错误改过之后，会更加明确清晰。没有绝对的对与错，学会转变观念，给错误的历程赋予其真正的价值，让它为生命所用。

有一段时间，特别喜欢《奇异恩典》的曲子，这是一首疗愈的曲子，第一次听到它的旋律的时候，是一个清晨，那一刻，我记得我的眼泪大滴大滴地落下来。又一天清晨，我让这首曲子再次响起。那时，我与婆婆待在一起，家里很安静。好像一场暴风雨之后或是一场喧闹之后的彻底的宁静祥和，这是有神明的光在照耀着我们吗？我默默地静静注视着婆婆，婆婆也很安详。我们之间没有任何语言，只有那首曲子在流淌着。对，那一刻，我们需要很深的疗愈。对不起，婆婆，我向你真诚忏悔。从此，我放下一切的抱怨，我要用包容、用爱来待您。

我爱您，婆婆。爱您的沧桑，爱您的一切，爱您的伤痕。请接受我，用爱包容我对您的一切无意伤害。我们之间是通透的，在今生，我们愈合了一切的伤痕，我们会走向一段新的旅途，会回到我们真正的家园。

先除草后播种

周末的午后，空气凉爽舒适，下了一个星期的雨，洗刷着这个世界的灰尘污垢，净化着自然，净化着人们的心灵。

外面的世界被净化，我屋内的环境也该清洁清洁了。于是，沉下心，从阳台到屋内，从收纳整理到清扫地面、擦洗柜子。就连被子，我也把它叠得整整齐齐。在这个过程中，我发现，身心好似也被清除了一遍而变轻巧了，心轻了，喜悦上来了，内心的庄严感出来了。与其说是在清理外部环境，不如说是在清洗自己的灵魂。因为，外在的一切皆是内在的投射，如果屋内杂乱不堪，污垢灰尘遍地。那么，心里也会杂草丛生。心灵的杂草不除，播下去的种子也很难结出好的果子。先除草，后播种，种子才能慢慢发芽、开花、结果。

清扫中，物品该丢的丢掉，该送人的送人。家里的东西少了，整洁了。忽然感慨，东西不要堆放在家里太多，只把平常要用的东西留下来就行。人生存真正需要的东西不多，简洁，蕴藏着人生的大智慧。

告诉自己：无论何时何地，都要养成保持整洁的习惯，被子一定要记得叠放整齐，细节更能看出一个人内心的美与优良的品质。

内心庄严，表现在外，也是庄严美好。

内心有美，表现在外，也会有美。

坐下来看了关于地藏王菩萨的一个故事片。地藏王菩萨有一世是婆罗门女，因为知晓自己的母亲生前不信因果，毁谤三宝等造了很多的恶业，死后定是在恶道，于是，遂卖家宅，在觉华定自在王菩萨佛像前大兴供养，为母修福，后感得觉华定自在王菩萨将其母在恶趣中所受的种种苦示现在她眼前。婆罗门女垂泪哀泣，遂大发誓愿，其母蒙佛而得以救拔。且不看其他，单看地藏王菩萨的那份孝心，就足以让世人学习效仿。于是，在心中播下了一颗种子，孝的种子。记得老师说过一句话："读《普门品》是选了一块心田，有了心田，还得除去心里的杂草，读《地藏经》，就是相当于在除草。草除干净了，才可以播种。此时播下去的种子，因为有了肥沃的土壤，就会更有利于成长。"《地藏经》是一部孝经。孝是一切的根本，根深叶茂。由此，再由孝想到内心的清洁。清扫，不只是扫扫而已，还要忏悔自己对祖宗父母的不孝，忏悔就是清理自己内心的垃圾。心灵的垃圾清理干净了，心就明亮了。明亮了，心就活了，心活，万物的光芒自然就能感知了。

学会管理自己的情绪

情绪很容易受到外界的干扰，比如家人的埋怨、儿女的不听话、同事之间因为工作的原因而引起的摩擦等，都会引起自己的情绪波动。看起来，自己像是一个受害者。本来，一个人在不受任何外界事物干扰的情况下，心是平和的，情绪是稳定的。就像一泓溪水，无波无澜，平静恬然。而当一阵微风刮来，水面就打破了平静，波澜涟漪，荡漾开来。

情绪会影响到身心。心动，就难以看清事物的真实面目。要学会管理自己的情绪，不要因为一点不愉快的事就影响到整个身心。

当不良情绪来的时候，先学着接受，接受自己是人就会有的情绪。而后，学着调节，学着看破放下。用轻换的方法或健身、散步，让情绪得以排解。

当情绪来的时候，不要被情绪所左右。被情绪左右，就是自己欠缺功夫。

如果自己在情绪来的时候，战胜了情绪，学会了在外界冒犯自己的情况下而忍住。懂得忍辱是真本事，学会忍耐，是真修为。

懂得管理自己的情绪，是要提升自己的。自己成长了，内心强大了，外在的不良事物就会退缩，不受其影响了。

一切事物都是因缘和合，都有因果。别人对自己不尊敬，那就要问是不是自己也有不尊敬别人的时候；孩子顶撞父母，那就要问是不是自己也顶撞过自己的父母长辈；被别人骂，就得问是不是自己也骂过别人或者是德行不够；周围关系处理不好，那就要问自己心里是不是只想到自己，很少体谅别人或者根本就不会考虑别人的需要和感受。

如果被情绪左右，只能说明自己的内心不够强大，心胸不够宽阔。

一下子扭转不过来，慢慢来。如果一次比一次好，那就说明你在进步。

学着看破，眼前影响到自己的事物，它会永久存在吗？不会，它会稍纵即逝。一切会消逝的东西都是虚妄的，真正的东西，它是不会生灭。一个人的灵性，是不会生灭的，此生，真正最该看重的就是修练自己的性灵。使其不急不躁，无脾气，无怨言，无我。做到无我，境界会很高。人与人的不同，无非就是精神境界的不同。

心性之光在自然中

　　拥抱一棵树，无声胜有声。心在与树交流，与自然呼应。默默注视树的伟岸，树皮的质朴天然，用脸贴近，用鼻子嗅闻。纯木的香味令身心彻底放松、放空。此刻，我不是我，我是树，我与树融为一体。我们在一个境界里，一个地球上，我们同呼吸，共成长。我似乎能懂树的语言，我用心倾听它的诉说，它对这个世界爱的诉说。原来还有一个纯美的境地，它是无限宽广，它可以遍布宇宙。它就在我们每个人的内心，在我们身边，在体内。有一个灵魂，它已经向你诉说了很久很久，可是，你却熟视无睹，依然不回头。内在那个精灵，它只有无奈地注视着你，注视着你忙于各种生计，忙于应付各种私欲，在这样那样的忙碌中苦苦挣扎。它在这里等，等有一天，你能回归，发现真理。真理就在每一刻里，每一个念头里，就像此刻拥抱的这棵树，在大自然的怀抱里，在空寂的时光里。你看，在拥抱注视一棵树的时候，你发现了自己的渺小，发现了心的寂静广阔。你发现了自己与宇宙万物原本是一体，没有你我分别。

　　拥抱自然，就是拥抱心性之光。我们不仅仅属于职场，属于家庭，属于自己的各种嗜好，我们更属于我们的心性。心性不同于任何物质，它就像大海，里面藏着无尽的宝藏。还要去哪里寻宝呢，宝贝就在自己体内，在心性里。

　　闭上眼睛，那一幅幅自然美景令人无比陶醉：红彤彤的朝阳从翠绿的山脉那边缓缓升起，像亭亭玉立的美丽少女，朦胧神秘；倒映在江河边湖水旁的晚霞，余晖遍洒四周，美丽无限；树木、泉水、石头、灌木丛、草地、花朵、雪山、大地、云朵、古木等，这一切，都值得你用全身心体会。感受自然之美，在自然万物中发现一颗静谧的心。如果没有万物在自己的生命里，生命总会有些不完美。

我走在大地上，内心涌出对大地的无限感恩之情，大地承载着万物，万物又滋养了我，我是承载着天地万物厚爱的精灵。

我走着走着，在路上，我又看到了树，看到了路边的小花小草，我的心顿觉欢喜无限。这些花草，在自己的空间，默默奉献、顺时花开、不争不抢、不悲不喜。花开时尽情绽放，凋谢时也无怨无悔。它们总是把自己定位为奉献者。奉献自己的芬芳。人是万物之灵，作为万物之灵，是不是也该向自然万物学习，学习它们无私的奉献精神呢？如果将自己定位成奉献者，对自己说：我今生是来奉献的，不是来索取的。那么，生命从此将会改变。境界由此而生。

走进大自然，向大自然学习，向万物学习。聆听它们的语言，倾听它们的心声，让自己与万物融合，感悟这其中的奥妙。自然中有大智慧，有真理，有真情，有真趣，有真意。在自然中，挖掘自己的心性之光，发现、发挥，让生命走向圆满丰盛。

字如心，心如莲

是的，在内心的最深处，我是如此深爱着文字，如此的感恩它的好。文字就像一个心细如水的女子，总是在不经意中悄无声息地滋润着你干枯的心田；又像一个智者，帮你梳理纷乱的心绪，让你的心田由繁杂到清晰。

从小，我就是一个敏感的女子，敏感的女子需要更多的精神来支撑，那么，文字，就成了我最好的营养品。

朋友说，小时候有一种想出走的念头，不为什么，就是想坐在一个角落里，在无人干扰的世界里，静静地，守着时间慢慢流过，静静地，看蓝天白云，没有多余的想法，一切是那么的干净，那么的自然随意。她说她现在只想做自己喜欢的事情，如画画，弹琴，听音乐。

我说，我希望扩张自己的心灵，用自由时间，看书，读经典，写字，听梵音。这是我的最爱，一切都与这字有关。在这字里沉淀自己的心，那意境深远智慧如海的经典书，那充满圣贤生活智慧的古书，与文字有关。这是我们中华民族的宝库啊，都在文字里。它总是静静地待在那里，等着你来翻阅，盼着你来领悟。不管时间有多久，它都愿意等，没有任何怨言。字如心，将心融于字，每一个字就是一个个跳动着的音符，都是一声声深切的呼唤。字的背后是灵魂。

有一段时间，我总是追索自己今生的梦想，对，找到了，与文字有关。如果可以，我愿意做一名心灵作家，祈愿自己能写出智慧的文字，而后让每一个有缘读到的人都能从中得到启发，最后，我祈愿这些简单的文字能把人带向真理。我问我的老师，该如何实现梦想？老师回信："梦想建立了以后不是要你天天想如何去实现，梦想是引导我们走向美好目的地的指路明灯，梦想是为了能够带给我们方向、力量与希望。不要急着写作，好好积累，字用得不好，也有过失。"

你看，每一个字是多么的重要呢，是不能胡乱写的，对字要尊重。当你的心不清净的时候，思绪是混乱的，这个时候，最好不要写，带着一颗混乱的心来写，本身对字也是不尊重，也是写不出充满智慧的文字出来的。智慧的文字来自于一颗清净的内心。字如心，看一个人的文字，就是读一个人的心。

好友荷对我说，读你的文章，知道你哪一篇是在心静的时候写的，哪一篇是不清静的时候写的，一下子就能读出。静能生智慧，智慧的文字也在静中产生。"天地间真滋味，唯静者能尝得出，天地间真机括，唯静者能看得透。"是的，灯动则不能照物，水动则不能鉴物，人性亦然，动则万理皆昏，静则万理皆澈。心清净的时候，文字才能够融入，才能够深入，方能照见事物的真理，这就有可读性。要不然，让人读，读的不是白开水，就是骨架，没有血与肉，如何能让人产生心灵共鸣或者得到教诲呢？

要慎用字，字是有灵魂的，特别是中国的汉字。

如果你要深入研究中国的汉字，那你会对中国的文化及祖先更加钦佩得五体投地。你看，那个"孝"字，上面是个"老"，下面是个"子"，多么的明显，寓意就是子女要孝顺老人家。

字如心，心如莲。心像莲花一样出淤泥而不染，清净自在。字是心的诉说，是心对世界的语言。默然对心语，心，像花一样开放。默然对字，赤子之心，了然于眼前。

生命的裂变与重生

1. 告别旧我

2016 年 5 月 21 日，这是一个我生命中永远不会忘记的一天。

我带着麻木身体来得万丰湖，一路漫步着，头脑没有任何的感觉，潜意识里，有一种深刻的悲伤和对自己过往日子的眷念，我似乎是走在了人生的边缘，有一种要与旧我诀别的痛。我又看不到前方，方向在哪里？我要到哪里去。我不知道，一路跟着感觉走，是感觉又把我带到了这里。如果，我今生在人间经历的这一切都是冥冥中有指引，那么，不管是伤还是悲，我都无条件接受。

我像木偶一样地走着，四肢是麻木的，没有任何知觉。路两边盛开的花，青青的草，流淌的河水，有点陌生的路，枯树枝上飘零的一片树叶，无声疗愈着人间的伤痛。路的尽头在哪里，你在哪里，我又在哪里？我注视着在风中随意飘摇的那片叶，停留片刻，凝神注视。这片叶，这风，这兀自吹拂的风，这份孤寂，与此刻的我，竟是如此相似，此刻，我们有着共同的只属于我们的语言。

继续，让脚步慢慢移动，前面有一簇簇花，红的、黄的，开得非常艳丽，我露出了一丝笑容，我是如此爱着你们——自然万物。靠近，将脸贴近，我在花海里，用手机听一首经典乐曲，瞬间，有泪从木然的脸庞淌过。

我开始断断续续听到内心有一个声音在呼救：宇宙，请把我打破、撕碎，再造一个崭新的我。是的，今天，我所经历的所有的感觉，就像是一个频临死亡的人，看着灵魂一点点在脱离躯体，我在体验着这种感觉。今天，是与旧我告别的一天；今天，是与我旧有思想体系告别的一天。今天，是非同寻常的一天。我隐约觉得，这定是上天的安排，它要让我体验，让我撕裂，再让我重生，它想救赎我。

我向宇宙呼救，宇宙没有回应我。这一天，它要让我好好与旧我告别。

心，一直在裂变。世界，依然如故。

2. 愿力原来就是这么来的

5月22日。也许，是昨天过度的伤悲。也许，老天认为我已体验完了那种痛苦麻木的感觉。今天，它开始奖励我了。

一大早，心情特别放松。于是，不吃饭，独自坐在木地板上，对着窗外蓝蓝的天空，开心地笑着。静坐一会儿，神游万仞，之后，读一部经，一部还未尽兴，再读一部。放下，吃点早餐。心，宁静淡然。

想起，今天一定是要去看妈妈的。于是，以最快的速度行动。在看望妈妈的路上，捡到好多美丽斑斓的树叶，这是自然的恩赐，大地的厚爱，满满的喜悦，丰足的感觉，与金钱无关。低下头，看着这些宝贝，心欢喜无比。我露出了这几天以来最灿烂的笑脸。大自然如此厚爱着我们，我们是否有所觉知？把这些斑斓的美丽树叶拍下，发到网上分享。因为，我要把对大自然的爱，这个很容易被人忽视的爱，扩散，铺展，让大家也开始学着觉察。

每次看妈妈，我都是要买点吃的给妈妈。一点水果，一点零食。简简单单，但爱是如此纯粹。

妈妈给我备好了一碗滋补的汤，有黑豆、红枣、芝麻、鸡蛋等，一份浓浓的母爱。

拥有了那么多。这就是富足啊。富足的感觉，在每一个瞬间里。

晚上，让心沉静下来，想听听内心有什么。

在与自己相处了好一段时间之后，我听到内心一个声音传来：我的生命应该是用来服务于社会，服务于人类的！我把自己的所有交给宇宙、交给智慧、交给真理、交给圣贤。一切听从宇宙的安排。

对着宇宙，我如实说着，我与宇宙在沟通。其实，我觉得，这应该也是宇宙的意思，它不会说，它是靠你的感觉说，你的感觉，就是宇宙的语言。

……

第五辑

快乐起点　觉察世间

快乐的起点

"为什么你总是那么快乐，而我总是不能保持快乐，只是偶尔快乐？"我问爱人。"因为我快乐的起点比较低。我觉得生活中的一切事情都可以令我感到快乐。比如我今天可以喝一杯茶，与朋友聚一下，晚上能够吃到一碗面条；我看到家里简单的茶具；看到儿子懂事了，长高了等等，能令我快乐的事情太多了，只要想起其中任何一件事情，我都会洋溢在快乐中。"爱人陶醉在自己快乐的氛围里总结到，"我快乐，是因为我快乐的起点低。"

我被爱人的话深深触动着。感觉他就是自己生活中最好的导师。

相比之下，我很惭愧，我常常因为工作而不开心。是心累。

爱人是一名税务系统干部，从参加工作以来，一直主动在乡下税务所上班，将近二十来年的时间，对组织从来没有任何怨言。他不争不贪，为人厚道。我曾经对他说："我嫁给你十多年了，可你没有一年在县城上班，刚开始那几年，你每个星期只回来一次，我们虽同在一个县城上班，却过得是两地分居的生活。我多么盼望你能调到县城来上班啊。你能不能去跟组织说说，调到县城来上班？这可是我十多年以来内心深处最大的心愿。"可我的爱人却说："我还年轻，如果我不在乡下干，就会让别人到乡下来。我不想给组织添麻烦，也不忍心让别人到乡下来。我一切听从组织的安排，组织要我到哪里去，我就到哪里去。"从此，我再也不提调动的事了。

　　我的爱人就像一粒种子，你随意把他放在哪块土地，他都能很好地生根发芽，并且，始终保持快乐的状态。

　　这么多年，我观察他，在工作岗位上，别人不愿意去的地方，就派他去。由此，他在基层积累了丰富的工作经验。去年，税务稽查岗位需要人，其他人不愿意去，因为这个岗位必定很累又要业务精通。这个时候，领导想到了我那还一直待在乡下的爱人，于是一句话，就把他调到了稽查局。从此，他真正告别了在乡下的工作生活。刚到稽查局，就又派他到另一个县局交叉检查三个月。这一查，就查出了一个企业漏掉的几十万税款，给税务局算是立下了一功。

　　即便是在做别人不愿意做的事，我的爱人呈现在所有人面前的都是一副开心快乐的模样。他的简单快乐是发自内心，不是假装的。

　　我的快乐，就是下班之后，吃过晚饭，挽着爱人的胳膊去散步。这个时候，我就是最开心快乐的娇小女子。但是，有些时候，我会因为工作上的事情满脸愁云。重复单调的枯燥工作，严格的要求，总是让我的心有点堵。那天，散步中，爱人看到我不开心，就问："你不快乐的原因是什么呢？你要把它找出来。"

　　"但是，我也有很容易让我感觉快乐的事。比如，我去公园散步，抬头看看蓝天，看看地面的草，看看周围的树，不管是枝叶茂盛的树，还是满树的枯枝，我都无比欢喜，再看看，公园里的大小石头，我的心定会异常愉悦，我爱自然万物，在内心深处，我是如此的爱它们。那天，我还抱着我家附近的一棵大树，用脸贴近它，用心与它对话。感觉心宁静又快乐。我的快乐在这里，很容易得到。"我说这些话时，脸上的表情充满喜乐。

　　"对，就是不去做，只是坐在一个地方，单纯的想想这些快乐的事情，人也会一下子快乐起来。"爱人说，"你在办公室工作累了，就想想你喜欢做的事情，你喜欢的场景，冥想享受快乐的感觉，想象那些容易把自己带进美好快乐的事物中。这是非常值得去尝试的。当你体验时，你就会发觉这真是一个很有效的办法。心快乐了，正能量也跟着提升。"爱人像一个智者指点开导我。

"我对充满灵性的事物比较感兴趣。花草树木石头，对于我来说，是非常有灵性的，从它们那里，我很容易获得满足和快乐。还有游学、摄影、写作，都是我热爱的事情。让我们快乐的事物不一样，因为人心灵的需求不一样。但是，快乐的起点要很低，要随时在生活中找得到。"我对爱人说，"我在妈妈身边，就像回到了自己的童年，也特别容易满足和快乐。"对，要想自己快乐，就多去接近或者去做让自己快乐的事。

快乐其实很简单。知足常乐，用心去生活，在生活中其实处处可以找到快乐。

抗疫的日子

"像现在这样，没有娱乐场所，没有夜宵，没有各种应酬，一家人守护着，晚上没事可以早早睡，天亮早早起来，回到以前的生活，那有多好。"夜里，我听到婆婆的心声，有点震惊，没吭声，可是，心里却很认同。即便现在的生活那么便捷，七十多岁的婆婆依然很怀念以前的时光。在举国与新型冠状病毒斗争的日子里，我闭关在家读书、学习、静思。没有闲杂人等进来进去，也没有应酬。慢慢地心开始宁静了下来。天还是一样的天空，可心不再急躁，心是祥和的。一天又一天，在家里看着日夜轮回，在家里通过电视网络了解世界。什么也没少，什么也不缺，可是因为生活方式的改变，让人开始回到自己这个中心，重新思考自己的人生。让人懂得感恩，让人更加知足，各种欲念也在慢慢减少。

每天清晨，点燃一些艾草，让艾草香味弥漫整个房间。电视里不断播放着各地疫情的最新情况以及防护措施。街道上不断传来"别出门，守在家，就是贡献，就是责任……""出门戴口罩、勤洗手……"我是家里专门负责买菜的人。那天，宅在家里好久的我第一次去超市，人们见菜就买，没有过多思虑。此刻，展示在面前的各种各样的菜，显得异常珍贵。我买了一袋米，还有一些蔬菜。排队交钱时，我发现有一种菜我忘记称重还没标记价格，可是，我提着手中的一篮子菜排队已有些时间了，怎么办？前面不认识的大姐说，你去打价格，我帮你推菜篮子排队。没想到打价格的地方也要排队，当我打完价格，着急去找帮我提菜篮的大姐时，只见她一直稳稳地提着我的菜篮子，排到接近收银台了。一股暖流向我涌来，感恩你，一面之缘的大姐。

第二次去超市，是买面粉，我想吃馒头了。在家里，我用面粉做饼子，婆婆用面粉做了好多馒头给我吃。看着又白又柔软的馒头，一粒粒像珍珠一样的米饭，还有那天夜里，先生的同事送来的农家食品，第一次深深体悟到，原来自己的生命是被各种各样无尽的爱包围着。以前不会觉得那么珍贵，如今，觉得什么都很宝贵。

家里口罩没有多少了。婆婆说多买些回来，这个钱不要节省。我好惊讶，平常一条洗脸毛巾洗烂了都舍不得更换的婆婆，这次却那么舍得。我说，市场上买不到了。没想到第二天，儿子在网上订了100个口罩，4元一个。"你们哪个人一出去，我就一直担心。"婆婆说，"看到家里有那么多口罩，心总算踏实一点了。"

公司里开始轮流上班了。书香国网的页面里，发出"万众抗疫，与书同行"主题朗读活动的号召。各省各市各县都纷纷参与进来。同事们也开始参加进来，不管读得好不好，表达此刻的心情，传递正能量，也是一份责任。我本来不想参加，姐姐说，无论如何，你都要参加。自己用手机录音再上传，几分钟就搞定，就当娱乐，又不是参赛。这段时间，因为心沉静下来了，特别思念去年去世的老师，那种思念的苦，苦到骨髓，见不到底。既然当娱乐，而不是要我参赛，那就选自己写的文章来诵读吧。题名是《思念的疼》，朗诵完之后的那个晚上，我彻夜失眠，我再一次陷入到对老师的思念中不能自拔，眼角的泪水流个不停。没想到，上传之后没几天，公司领导说：茶陵县参赛的人太少了，要求我参赛。

参赛了，还要投票，于是，我发了链接在一个小群里。没想到好友荷马上把我的链接转发到作协一个大微信群里，并在群里号召大家投票。"这是她自己朗诵，自己写的美文，深情感人，大家方便的话，点开投下票。"接着，我看到群里大家纷纷为我投票。林大哥说："我帮你转发到我另外的朋友群，要他们也来投。"

远方，我只发给了一个从没见面的大姐，可没想到她也马上转发到一个大微信群里，虽然那个大群都是相互不认识的人，没几个人投票，可大姐的举动还是触动了我。

我的心被满满的感动包围着。一人有求，四方支持，这份爱，有多真。眼前又闪现出一份份爱心向武汉传递、汇聚的情景。军人、科研人员、八十多岁的钟南山等，在国家需要时，赴汤蹈火，在所不辞。就连摄影协会的吴老师也说："全国在征召一线摄影志愿者参战，我也向刘小琼主席请战了，只要党和政府需要，我随时应征。"这是一个五十多岁的普通老师的情怀，这次防控疫情他的很多摄影作品被市里采纳宣传。他还说："相机是刀也是枪，我感到自豪，因为我参战了。"

一颗颗多么赤诚的心。

而今，我这样一个普通的朗诵作品，却让我看到了那么多人的热诚真心。

我的心开始有些不平静了，我没有付出什么，却收获那么多。下午我就一人去看江水。一路上，我拍下了消毒的清洁工、把守在医院旁边的医护工作者、给工人测量体温的门卫，大马路边临时搭建的检测点，有医护工作者全副武装守在路口。

我看着这一切，心变得异常沉静。感恩国家，感恩这块土地。江边好安静，只看到两个小孩在玩耍，江边的铁牛像永远那么沉稳，时间会带走我们，可是带不走一江水，带不走铁牛，带不走那一份份爱的暖流。

默默无闻见真爱

　　默默无闻，润物细无声。有多少人是在默默无闻中度过这一生，不同的是人的境界，境界不同，在默默无闻中创造的价值就不同。有的人，在默默无闻中，没有自己的精神追求，让日子得过且过，碌碌无为。不知生从何来，死往何去；有的人，无私奉献，在普通的工作岗位上，在科研项目中，无不是在默默无闻中将自己奉献于这个世界。还有那些边疆战士，将青春奉献祖国，誓死守护祖国的边疆。

　　默默无闻，并不等于生命不精彩，不等于碌碌无为，不等于不存在。存在有很多种方式，默默无闻之人，尽管没有众人追捧的光环，没有轰轰烈烈，精彩绝伦，没有光鲜的外表，可是，日子实在，内心丰足、饱满、宁静，精神在高处。他们在心底深处，也从不羡慕他人的那些表面风光，所谓的名利、钱财，有谁能带走呢？如果，身处高位而不知为民造福，拥有很多的钱财，却不舍得付出，那价值又体现在哪里？

　　默默无闻奉献者，内心贪念少，有前行的方向与价值观，是真智慧者。纵然，没有多少人会记住他们的模样，可是，他们存进宇宙银行里的，却是无量的福德。

　　要给自己的默默无闻赋予真正的价值，譬如高远的志向，利他之心，带着爱做好生命中的小事。如果默默无闻，只是无所事事，让日子得过且过，没有用好一颗心。那这样的默默无闻，也只是颓然消耗生命，没有意义。

　　默默无闻地做一个普通的人，工人、门卫、保安、邮递员、光明使者、工匠等。在自己的职业里，默默耕耘，让爱遍洒整个世界，心无限，爱无限，真情留人间。什么也不为，只为一颗心，安详喜悦。

我依然是我

我还是那个我。简单，纯净，透亮。

是的，我被世俗生活蒙上了很深很厚的灰尘。但，尽管如此，我依然是纯净透明的。

听到我走在草地间，看看花，看看绿树，看看蔚蓝的天时，那种清澈悦耳的笑声了吗？"呵呵，呵呵，嘻嘻，嘻嘻……"那是发自一颗真心的笑声，像刚出生的婴儿，对一切都是那么好奇，我说不出话，我只能用清亮的笑声回应自己对这个世界的爱；又像是深山中，那绿草丛中涌出的一股股泉水，是那么清凉、舒适。

我是如此被宠爱着。如果这样，还不感觉到幸福，还不懂得感恩，还是一味抱怨，那宇宙将会拿走本该属于你的东西。让你在你自己制造的困苦中尽情体验够，直到有一天，你乏味了，换了一种新思维，再上来，才会看到一片新的天地。

已经很丰厚了，阳光、空气、健康、雨露、花草、天地，无不在无私奉献着爱。感知到这份爱，接收这份爱，最后，在沐浴这份爱中，唤醒内在的无私，大爱的品质，并将这种品质在四周形成一个爱的磁场，传播散发。

我依然是我。那个真我，不生不灭，不增不减，不垢不净。

有时，我也会忧烦困苦，也会偷偷哭泣，那时，我只能默默感受这个过程，然后慢慢排解这些烦扰。最后，烦恼消失得无影无踪。生命在这个过程中，体验着，感悟着，之后像重生一样。

我依然是我。我渴望温暖阳光的照耀，渴望甘露的滋养，渴望前方一直有一盏灯，照亮我前行的路。

都在那里，都有。你想，它就存在。

我依然是我，当生活中出现不顺心时，灵魂会在暗夜里偷偷哭泣，那都是我。一个简单普通的女子。我来过，在这个世间，空气里到处都飘荡着我的呼吸。

就让我做自己喜欢的样子，做普通、简单、透亮的自我。

先生的微笑

一直认为，先生的微笑就是他最与众不同的名片。他慈眉善目，干净清秀，瘦瘦的身材。还没开口，脸上的笑容就绽开，那种笑是真心涌出的喜悦。说话时，总是带着笑容向你缓缓道来。相由心生，这句话，在先生那里能找到最好的模板。

先生的笑是不同于一般人的笑，他的笑分早晚。

他在阳台上种了一些花，早晨一起床，就开始笑着对花唱："我爱你，我的家，我的家，我的天堂。"他的歌不是很专业，有时还跑调，可是他的歌声里，带着真爱与快乐，像一股清泉汩汩涌出，让听者也情不自禁地融化在他一大早散发的爱与喜悦里。他说，一日之计在于晨。早晨的笑很重要，那是一天快乐的开始，是可以带来好运的开始，笑还可以带来财富呢。晚上的笑，是对一天的总结。每次，晚饭后，我挽着先生的手臂去散步，这个时候，是我们彼此分享快乐的最好时光。我们一路走，一路说笑，有时两个人说着说着，就开心地慢跑起来，像两个永远也长不大的孩子。

先生的笑点很多，他的笑来自于简单，知足。

他吃不讲究山珍海味。在家里，只要有一个他小时候经常吃的茄子剁辣椒，他就很满足，吃得也好很开心。对于住，他说只要家里干净舒畅就可以了，不一定要豪华。对于穿，他不讲究一定要高档品牌，有两件质量好的有的换就可以。今年夏天，买了三件棉麻衣服给他，不贵，一百元一件，简单又舒适，他可是开心极了，经常穿。

先生的笑来自于工作。先生是税务系统干部。从 1993 年参加工作以来，二十多年一直被安排在乡下税务所，他的足迹走遍了茶陵乡镇的每一个角角落落，每一个角落里都散发着他欢快的气息。二十多年，作为妻子的我，最大的心愿就是希望他调到县城里来上班，刚结婚的那些年，他所在的乡下距离县城很远，每个礼拜回来一次，我们虽在同一个县城，可是却过着两地分居的生活。即便如此，每次回家，他带给我的仍满满的喜悦，满满的温暖。直到去年，县稽查局需人，别人都不愿意去这个比较辛苦的重要岗位。基于此，他才终于告别了乡下的工作生活。别人不愿意去的岗位，派他去，可他没有任何怨言。依旧笑嘻嘻的。他的笑是亲切、和善的、甜蜜的；他的笑来自于收到的每一分税收上缴到国家金库；他的笑来自于稽查到有些企业漏掉的税款，而后督促他们如实上缴；他的笑来自于向别人宣传：纳税是每个公民应尽的业务，税收取之于民，用之于民。国家的繁荣昌盛与我们每个人如实纳税息息相关。千万不能偷国家的税，因为偷国家的税，就相当于欠了 14 亿中国人民的钱，这个损失可大了……他说工作是开心的，国家每个月又给那么多钱，应该要感恩知足。

先生的笑来自于妻子。

他偏瘦，我偏胖。他说，我是家里的秤砣，有了这个秤砣，才能找到平衡点，因为，儿子也瘦。看见我，他就很开心，因为他说我胖得有点可爱，有点滑稽。在他面前，我顺从且娇气。在他眼里，我太单纯，单纯到不懂得这个世俗生活中的一切事情。因此，总是他教导我，为我解答生活中的困惑烦恼。每当我释然时，他就感觉很有成就感。常常说着说着，他会发现我的笑声比他还大。到了要过马路时，他也习惯要牵着我的手走。因为，他担心一松手，我就会像小孩一样乱跑。你看，即便我这么"弱智"，可是他却很幸福。他的开心，来自于一个单纯简单的妻子。

先生的笑来自于儿子。

一提到儿子，我感觉到先生身体里的每个毛孔都在笑。每次与他讲儿子的事情，讲儿子的思想变化，讲儿子说过的话，他都竖直着耳朵听，生怕错过了一个细节没听到。

先生的笑来自于婆婆。公公早已经离开这个世界了。真正陪伴婆婆最多的是先生。先生，下班早早回家，应酬很少。偶尔与朋友同事聚聚，大部分时间陪家人。晚上，先生就跟婆婆交流，说一些见闻，一些事情。陪婆婆一起看电视，随着剧情，一起笑，一起感悟。这样，婆婆就不再感到寂寞，脸上的笑容也爽朗起来。先生说，百善孝为先，孝不只是在口头上说说，孝是要落实在生活中的细节里，比如，对父母和颜悦色，把开心快乐带给父母；比如，满足父母物质精神需求；比如，顺从父母，陪伴父母。家是什么？家不就是每天把喜悦欢快的气氛带给家里的每一个人吗？不就是心胸宽广地包容着一切不如意，而只把爱的暖流传递吗？不就是看到家里的每一个人开开心心，健健康康吗？不就是其乐融融地坐在一起彼此温暖关爱吗？不就是滋养自己、给自己心灵慰藉的加油站吗？不就是彻底放松自己，彻底回归自己的港湾吗？不就是把微笑带进来吗？

你看，先生开心的来源那么多。

他的品性里，有不争不贪，有知足常乐，有感恩的心，有随遇而安。先生的微笑里，有我学不尽的智慧。我一直觉得，他就是一个智者，用他的微笑来传递种种生活的智慧与美好的心态。

小女孩的春天

今年清明节，桂林的大舅、二舅带了大大小小 21 人回家乡祭祀祖先，我全程陪同。好久没到菜地去看看老祖母了。老祖母安葬在菜地里。几乎没有人能明白我与祖母的感情。几十年过去了，她依然鲜活在我记忆里，在我的灵魂深处。

在老祖母的坟前，我看到了有近三十个人在毕恭毕敬地给老祖母上香、供果等。那个六七岁的小女孩，每日每夜陪伴在老祖母身边的小女孩，几十年后，又怎么会预料到有今天壮观的一幕？静默在旁边的我，听到自己内心有声音一遍一遍传来：老奶奶，你看到了吗？有那么多人来看你呢，你是子孙满堂啊，你是幸福的。我是群子，你看见我了吗？我好想你，我一直记得你啊！祖母双眼失明，是想儿子哭瞎的。舅舅的父亲是她的儿子啊。当年，为了躲避日本人的肆意乱杀，祖母的两个儿子，一个躲到了桂林，一个躲到了玉林。于是，祖母的子子孙孙都在那两个城市生根了。

那天中午时分，他们说去老祖母曾经住的地方去看看，那也是我小时候住的地方。到了，我看到有的房子倒塌了，四周杂草众生，我曾经住的房子被围墙围住了。老祖母的房子就在我家的隔壁，土砖土房。木门被蒙上了厚厚的灰尘，还有枝叶遮盖着。我站在外面，透过窗户往里看。我看到了那个火炉。尽管房子里面很黑暗。可是，就是这间黑暗的房子，锁住了一个小女孩太多太多的记忆。那时的我才六七岁。记忆中的童年就是在陪伴老祖母中度过。我清楚地记得，那时，在我的心里，每天最开心的就是看到老祖母灿然的笑容。老祖母，眼睛看不见，我陪她晒太阳，搀扶着她上厕所，坐在火炉边给她剪指甲，听她给我讲过去的故事。也就是在这个火炉边，我曾经拉着老祖母的手许过一个心愿：老奶奶，等我长大了，我一定要把你的眼睛治好，到那时，你就可以看到我长什么样！说完这句话，我看到了老祖母除了会心的笑，她的眼神里还充满了对未来的希望。只是，我一直没有兑现这个承若。老祖母，86岁，在我读小学五年级的时候，安详地离开了这个世界。

那个小女孩的春天，只有老祖母。

记忆太多太多了啊！那时，我还常常把爸爸妈妈给我吃的零食都给老祖母吃。老祖母养了两头小猪，每次，都是我去给猪喂食。每次，我都会对老祖母说，那个小猪可会吃了，吃得肚子圆溜溜的，好可爱呢。每次，老祖母听到我这样的汇报，开心得像个小孩。小女孩的心里，就是想看到老祖母的笑。

晚上，我基本是陪老祖母睡。老祖母的被子，好暖和好舒服。老祖母很爱干净，里里外外干干净净。我喜欢她。因为怕她孤单，所以想一直守着她，与她寸步不离。7岁时，妈妈带着我去报名，学校里说我太小了，要8岁才能读书。于是，我硬是到了8岁才读小学一年级。去读书了，白天不能守着祖母了，我的心里有很深很深的牵挂。我记得，老师在台上讲课，我总是低着头，想着大人们都去干活去了，我的老祖母一个人在家没有人陪伴，没有人与她说话，她是不是很孤单呢？想着想着，眼泪开始大颗大颗地滴落在书本上……

一颗心，一颗几岁小女孩的心里，老祖母，就是她整个的春天。

几十年过去了，这种记忆从来没有淡去。小女孩之后走了很长很长的路。

进城，读书，当兵，工作，为人妻，为人母。经历了父亲、公公的离世，经历了太多太多的酸甜苦辣。而今，又走进几岁时铭心刻骨的记忆里。一切都变了，一切又都没有变。生命的长河有多长我不知道，不管是今生，还是来世，但总归有个源头。找到生命的源头，她一直在那里，等着你的回归。

烟雨凤凰

　　没有去凤凰之前，对凤凰充满了向往，觉得那是一个静谧而又神秘的地方，适合心灵的栖息。去了之后，回到家，细细回想，感觉凤凰是需要一颗宁静的心慢慢品味的。

　　我们一群姐妹，跟团走。姐妹们边走边说笑着，欢快热闹，可那颗心却显得有些浮躁。我一直没有找到真正能震动我灵魂的东西。直到在一个洞口里看到两个年轻的英俊小伙子一边弹着吉他一边唱着深情的歌，游客人来人往，拿着各种特色的商品从他们面前漫不经心地走过。我停留了好一阵，心有些被牵动。优美的音乐飘荡在上空，外面是细雨朦胧，这音乐里夹杂着忧伤。眼前的帅小伙很有艺术气质，他们内心的追求到底是什么呢？我无法琢磨。但这里，是很独特的一片天地。这深情的歌声给凤凰增添了色彩，给我留下了很深刻的印象。

一

　　入住的当天晚上，放下行李，七八个人就一起相约去看凤凰的夜。

　　晚上的凤凰很辉煌。五颜六色的灯光从建筑物里发出，投映在沱江两岸，星星点点，梦幻一般将凤凰的夜渲染得特别神秘。我追逐着这美丽的景色，感觉那种绚烂的美有些不真实，似乎都是虚幻的。像是天上的哪个仙人变幻出的一个富丽堂皇的"仙境"，让你片刻远离世俗杂乱的一切。它只是暂时存在的，我知道，等天明的时候，这梦幻的一切将会恢复它原来的面貌。此刻，我被吸引，但灵魂里没有感动。

二

次日清晨，春雨朦胧。

我们沐浴着春天的蒙蒙细雨攀登南方长城。

长城陡而不高，这里没有几个游客，我们的到来打破了它的沉静。

石阶被雨水冲刷得异常干净。长城的顶部，一座木质的亭子和一座木质的小卖部静立在一侧，十分冷清。我凝神注视了它们一阵。感觉自己与它们有相似的地方。它们是静的，立在高处静观天地万物的复苏而自己岿然不动。我向往这种境界。

同事举着小花伞轻轻走过，我抓拍下来。

这里适合轻轻走过。

其实，越是清冷的地方，越容易让人凝神思索。

我走过，轻轻地，虽然内心有些失望。

接着，我们被带到了沱江边，视野顿觉开阔，失望的情绪被这灵性的江水唤醒。

我们坐在船上，慢悠悠地划着江水。江边一排排细小陈旧的木板楼，那就是吊脚楼吗？我不确定。只见有人把衣服晾晒在楼顶上；有穿红色衣服的阿嫂在河边专注地清洗着衣裤；有几只鸟停靠在水岸边的竹排上，相互注视着，远望着，沉思着。很静。没有一点喧闹。

我在船上想，如果在这个江边的木屋里住上几天，出太阳时，在江边晒晒太阳，有时看看水，有时看看书，晚上又可静观凤凰江边夜色，那该有多惬意。

我还想象着纯朴的苗家人在江中划船比赛呐喊的情景；想象着阿哥阿妹在河对岸对歌传情的古老方式；这块养育了沈从文先生的土地，这里寄托了他一辈子的感情。这块土地，应该有很多很多值得珍藏的故事，不管如今的它如何被商业化。

不知从什么时候起，姐妹们在船上相互吆喝着唱起来。那份闲情惬意在此释放殆尽。我的心也开始活跃起来，脸上的笑随着水的"哗哗"声也荡漾开来。

久违了的轻松。只在此刻，在这江中央。

凤凰需要用宁静的心来观赏，不管是绚烂的夜晚，还是清冷的白天。

一个人静静地看，静静地听，静静地品味，会有另一番心境，特别是清晨的凤凰，下着小雨，独自撑把小伞，轻轻踩着青石板，看远方的云雾从葱绿色的树木里悄然弥漫，看古城墙……这样，你才会慢慢融入。

一个桃子的爱

在梅华洲时，和老师一起参加了一个活动。

梅华洲的桃子，他们说是那里的特色，特别好吃。10元一斤，我买了几斤，是特意送给老师吃的。我知道老师大概住的地方。午休时间，我去找，老师不在，晚上去找，老师也不在。无法与老师联系。我多么想这个桃子能让老师及时吃到。

第二天，好多桃子开始有些烂了。我好不容易挑了几个比较好的带在身上，看能否在八百人的活动会场找到老师。

是的，我看到了老师，老师静静地靠在墙角边。我兴奋地奔跑过去，轻声问："老师，我带了桃子给你吃，你要吗？"老师点点头。我立马拿着桃子去找水洗。好不容易找到有水的地方，可是，那里排着好长的队伍。当我把洗好的桃子，捧到手心的时候，我忽然有一种特别的感觉，我想到这个桃子是要拿给老师吃的，我的心，开始变得像个非常纯净的小孩那般，满满的欢喜，满满的不带一点杂质的爱。我飞奔起来，像快乐的小鸟，像捡到天下奇宝。

那一刻，我忽然想起了我的姥姥，几岁大的时候，妈妈给我好吃的食品，我都会拿给姥姥吃，看见姥姥脸上的笑容就是我一天最幸福的事。这种单纯的心就像我现在对老师的那颗心，原来我的那颗心，那颗纯洁的心，一直在。心里，没有其他任何多余的想法，有的只是纯纯的满满的爱。

桃子到达老师手里的时候，似乎有些迟了一点，因为会场活动已经开始了。

这只是一个非常普通的桃子，只是一个桃子。

可是，老师，你知道吗，这个桃子，承载着一个普通学生对老师无尽的爱，没有语言能够说清楚的爱。这个世间的语言是如此有限，而深层的爱往往是无言的。

老师，我最爱的老师，你是否看到了这一个桃子背后的爱？是否透过这一个普通的桃子，看到了你的学生那颗晶莹剔透的心？

如今，老师你说被我折腾累了，要放下我，要我去另拜高师。老师是知道我有一颗不安分的心，就非常生气，说要放下我。

轻轻在心底叫一声老师，泪如雨下。我想起了老师为我做的点点滴滴。送智慧的书籍、围巾、有意义的纪念品等，为我祈福，教导我先要守好本分，引领我一步步打好基础。

你说，要放下我，从那一刻起，我见树，树落泪，见花，花落泪，见水，水落泪，望天，天落泪，看地，地落泪。我是如此痛苦。

我说放下工作，其实只是说说，因为我太渴望自由了，太羡慕别人说走就走的旅行了。

我知错了，老师。

永恒记忆

其实，革命先烈一直是鲜活地珍藏在我心底的，一直在敬仰他们。尽管他们离开了这个世界，尽管我不是全部知晓他们的故事，但是，革命英雄的精神却是永驻心间。

进入 7 月以来，气温节节攀升，似火的骄阳把全城笼罩在热气中。一大早，坐上大巴车，随同作协几十个人一起去重温革命先烈的足迹。我像是有点中暑，身体无比难受，连说话的力气也没有。

在"湖口挽澜旧址"牌旁停留驻足，这里现在已经是一片菜地，想象当年毛主席曾在这里召开紧急会议，发表激动人心的讲话，挫败陈皓一伙的叛变阴谋。这里，不是一块普通的土地，而是值得永恒记忆的，因为，在这里所作出的决定，挽救了工农革命军，这一步棋如果下错，中国革命的历程有可能会变得更加曲折艰难。

时光已经流转了无数年，房屋会变，人会变，可是曾在这里发生的重大革命事件，会在子子孙孙中传颂下去。看着这里的土砖房屋，青翠的菜地，前面静静流淌的河水，沉湎历史，追思今朝，不禁感慨万千。茶陵，那是革命老区啊，这里的人英勇、勤劳，出的将军也多。仿佛依稀听到了毛主席对身边的人赞叹着说："茶陵的同志很勇敢，很会打仗，茶陵牛嘛！"

出湖口，走进将军村——洮水村，在中将谭家述故居前追忆；青砖残墙，杂草众生。几多英雄故事，几多坎坷，几多悲欢，都曾在这块红色的摇篮演绎。

我用心去触摸，想去触摸英雄的魂魄。

那革命者的精神，如此震撼人心。

走进茶陵这块光荣的土地，将军的土地，你会爱上这块土地以及这里的人们。因为这里，革命英烈的精神一直在流传……"井冈山革命根据地的红色政权是从井冈山洣水之滨的这座小屋走出来的"，洣水之滨，一个多么亲切的称呼，它就是我们茶陵。是洣水养育了茶陵人，茶陵人也是在洣水中成长起来的。茶陵人由此具备了如水的品质：柔软，温和，不畏艰险，遇到礁石，要么绕道而行，要么直接冲上。它从不退缩，一直唱着歌向前，向前……

请听茶陵革命先烈的声音：

"妇运先驱"谭道瑛在被捕后说："我为劳苦大众求解放，何罪之有？要我屈膝投降，那是痴心妄想。"

李炳荣在狱中宁死不屈，坚信"将来天下一定是我们共产党的"。

"闹革命，堂上丢双亲，膝下丢儿女，别妻辞尘，死无愧色；为人民，生时无孝道，死后无片言，瞑目长逝，无所怨言。"颜克俊烈士的挽联，一种英雄气概，绵绵长长。

走进茶陵，深入茶陵，你会被茶陵"牛"的精神所深深折服，更为茶陵这块土地蕴育了很多将军而自豪。

在将军村，我看到有几个妇女在清澈的水塘边洗着衣服，那边，又是鲜嫩的蔬菜，一种闲适的田园风光，再不用担心土豪劣绅的打击，也无需担心敌军的侵略。这种幸福平安的生活，可是当年革命先烈们用鲜血换来的。现在，感觉到了这句话沉甸甸的分量。

革命精神永垂不朽！

我喜欢有灵性的女子

是的，我喜欢有灵性的女子，她不一定要有美丽的容颜，华丽的衣裳，但她浑身透着一股灵性的光，只能体会，难以言传。

高中校友琴就是这样的一个女子。十多年了，我一直没有见到她，可不知为什么，她却一直在我的脑海里，已经沉淀到心底。

她个子不高，微胖，衣着朴实。尽管五官不是那种很精致漂亮的类型，可那双圆而又亮的眼睛却显示出了她与众不同，她的眼睛里有内容，笑起来有点羞涩。绘画是她的专长，大学毕业后，她去了福建，做专职绘画老师。

她是我最特别的一个朋友，我在高中时代最珍惜她。因为放学回家的路是同一个方向，我们经常一起回家，一起说笑着走过那座桥。她的父亲酷爱读书，有很多的藏书，她在父亲的影响下也经常看一些书，以致于她在与我的对话中总能时不时地引出一些名人名言，还有自己独特的感受，这一点，在那时很让我震惊和欣赏。

她的画很美，总能让我赞叹不已，我坚信她身上的灵性与绘画有着千丝万缕的关系，艺术赋予了她灵性。

我画不好，但我很喜欢画，我一直奢望着能得到一幅她赠送的亲笔画，那样我会把它当宝贝一样收藏一辈子。只是，我一直没有如愿。其实，在那个年龄以她的画完全可以在我心灵里创造一种永恒，生活中有很多东西是说不明白的。余秋雨教授说："不要小看你现在做的那一件小事，你或许正在制造一种永恒。"我记得我还特意为她做过模特，就那样穿得整整齐齐，坐着一动不动，不知有多长时间。只是最后她说没画好，不愿意给我看。

她不但会绘画，还心灵手巧，你看，她能用可乐瓶子剪出一盆盆花来，用医院里的输液管子剪成一条条鱼、一朵朵小花，她送过我这些小东西，我把它当钥匙扣。

我开始思念起她来，这么多年了，那双很灵动的眼睛，那双会变花样的灵巧小手，是否依然如初？岁月以及世俗的琐事会将她侵扰吗？

哦，我记得她的眼睛里还时常闪动着一丝忧郁，因为一心绘画，耽误了其他的课程，她的成绩一直不理想，这是她的忧郁，在她的眼里，我感觉到了。那双眼睛现在该没有那种忧郁了吧，可是，它是否还像当初那样清澈明亮呢？

我喜欢看她的眼睛，她的眼睛特别美。眼睛是心灵的窗户，她有丰富的心灵，她的画就是她心灵的呈现。

我再次陷入了对她的深深思念。

我想起了我们常常沿着河边一路说着心事，还在草地上打过羽毛球，特意避开人群，我们选一块宽阔的草地，那里就只有我们两个人。我们踩在柔软的草地上，忽上忽下，忽左忽右地挥舞着手中的羽毛球拍，多少欢声笑语留在了那片草地上。

有灵性的女子，有一种灵动的美，总是活在你的心里。

陪你走过的日子

2011 年 7 月 11 日，星期一，上班。坐在办公室，想着昨天还在广州游玩，今天就回到了距离广州很远的一个小县城，看着一成不变的同事，微笑着不言语。我内心世界里的内容，只有我在细细感知，与他人无关。出去旅游很多次，可这次，感觉还是有点失重。尽管，我没有享受到天堂的感觉，但几天的远离世俗，远离忙不完的工作，我的头脑还是没有完全恢复到正常状态。想想如果是一个人的独行，那将更加符合我的心境。不过，那样我选择的地方肯定不是游乐场所。这次，是四人行，而且主要目的是陪儿子还有爱人姐姐的女儿玩，呵呵，小孩喜欢玩，大人喜欢看，当两者发生冲突时，大人只有顺着孩子了。

一

儿子还没放暑假，我就与爱人商量着如何让他过得既充实又有意义，我们在网上搜索着"夏令营"的一些活动，并打电话咨询，我一直赞成儿子利用暑假去学习传统文化。我认为给孩子一个正确的有智慧的观点足以影响他的一生。孩子就像是一个发动机，可很多家长在做"推磨人"，既辛苦又推不动。于是，我希望自己是一个发动机的启动者。可爱人与我又发生争执，爱人希望让小孩去外面以旅游的形式开开眼界。这个我也赞成，但心还是在想着传统文化教育的事。

最后经战友苗苗的推荐，说他们去年带小孩到广州水上乐园和欢乐世界玩，还不错。于是，7月7号，我们听取了她的建议，带着儿子以及爱人姐姐的女儿坐高铁一同前往。

到了宾馆，休息一会儿，便决定去逛逛。坐上公交车，车子晃动时，我不小心碰到了一个四十多岁的女人身上，连声给她道歉。看到她身边有座位，我就坐在她旁边。第一次来广州，我咨询了她很多问题，我们聊了起来，后来，我说她像老师，她笑笑，说不是，以前是广州军区的一名军官。现在在一家外贸公司里上班。天啊，怎么这么有缘，我曾经当兵的地方也是属于广州军区的，只是我在师部，她在军区，可我们有着共同的经历，我对她说我对部队有无法抹去的深厚感情。她一得知我也是当过兵的人，赶紧拿出纸和笔，给我留下电话号码还有 QQ 号。我越发觉得，人与人之间的相遇，有一种巧合之中的必然，是老天安排好的。

二

7月8日，广州水上乐园。儿子看到水很是兴奋，那里有很多的项目可供游乐。但是稍微刺激一点的项目必须要到一米四以上才能玩。我们大人就玩了一个很有些挑战的项目，从一个很高的顶上滑坡。在准备阶段，我感觉自己的心跳加速，腿脚因为慌张而有些不自然地抖动，已经轮到我了也不敢上，最后，我心一狠，眯着眼睛扑下去……总算战胜自己了。气温很高，可来游乐的人越发增多，且激情不退。你看，水上还有表演的舞台，你一边泡在水里，一边看舞蹈听音乐，水面上有人在戏水，有人在尖叫，千姿百态。泡在水里的儿子像一只欢快的青蛙，游到这儿游到那儿。我们还坐在救生圈中围着周围漂流了一圈。爽快，只是对于我，它只能给予我表面的快乐。

说起来，这次出门，纯粹是为了陪儿子玩，而我本人则喜欢欣赏自然风光，当然，还有艺术。

我在水里泡累了，就躺在岸上休息。

返回宾馆时，从来没有坐过地铁的我们想尝试一下坐地铁的滋味。我问了一个已经在自动售票机前买票的人，他见我不会操作，就赶忙先帮我买。买了票之后，又有人带着我们去坐地铁。一路上感觉总是遇到好人。

三

7月9号，广州长隆欢乐世界。

我们可谓是走到哪儿就玩到哪儿。这里可供娱乐的项目特别多，我们先玩"十环过山车"。看到那个山车像一条巨龙在高空中蜿蜒盘旋着。我异常害怕和紧张，很明显，儿子是完全不能承受这样极具挑战性的项目的。我与爱人坐在一排，坐上去时，我呼吸就开始有些困难。车子起先是缓缓启动，然后开始加速，最后，一会儿急冲、一会儿向上、一会儿向下、一会儿把整个人翻转着、倒立着、……我的手心冒汗，血液向外涨涌，紧闭着眼睛，一直在祈祷着快点停下。

下车之后好久，我的呼吸还没缓过来。

经历了这么一个极具刺激性和挑战性的项目，后来再看到其他项目，就一点也不觉得害怕了。最苦的经历了，身子骨好像变硬朗了，碰到困难不会被轻易吓倒了。我想到了人生，这与人生不是很相似吗？

在极其艰苦的环境里，可以磨练你的心志，锻炼你的毅力。你走过了，你战胜了，你就超越了自己，突破了自己，以后生活里中碰到其他艰难困苦也就难不倒你了。

由"十环过山车"这个娱乐项目，我想了很多。

如果说收获，那么，这算不算是一个最大的收获呢？在玩中体验人生。

想起了一个住在广州的初中同学星。于是发了一条短信给她：我请了假带儿子在广州玩，到了你的地盘，来问候你了，你还好吗？不久，她打来电话，很急切的说："丽子，你怎么不早打电话，这样我就好安排了，可现在真不巧，我下午要准备去江西旅游……"

下午，飘起了雨，儿子和外甥女儿在游戏厅里尽情玩耍，我和爱人坐在一棵大树的凉亭下静坐。这时，我同学以及她那可爱弟弟的笑脸不时地闪现在我的眼前，我想起了我们经常放学之后一起说笑着穿过家乡的洣江桥，在交叉路口分手时还总是恋恋不舍，想起了大年初一，我首先跑到她家拜年，然后我们又骑着自行车走很远很远的路，她有一双水灵灵的大眼睛，笑起来很迷人……深呼吸一下已经变潮湿了的空气，我知道我有些想念她了，可她此刻，正登上了另一趟列车。人与人之间就是这样，你走过这里，她又飘到那里，如果相逢，那是一份相当不容易的缘分。

因此，不管你现在与谁在一起，请一定记得珍惜，因为，很不容易，在茫茫人海中。何况，下一站，我们又会飘到哪里呢？

四

7月10日，宝墨园，位于广州市番禺区沙湾镇紫坭村，是我坚持要去的，因为，我坚信只有那样的地方，才能找到我心灵真正需要的东西。果真不出我所料，一踏入宝墨园，立刻感到一种心灵的回归。从前几日的疯狂刺激到现在的宁静，好像是一场梦，梦里有高潮起伏，有风平浪静。

园内古色古香的建筑风格以及独特的桥、古老的树木，还有各种艺术展馆等深深吸引着我。

我的收获多多。且看：

巨幅瓷塑壁画《清明上河图》，恢宏夺目；巨幅砖雕"吐艳和鸣壁"被上海的大世界吉尼斯总部认定为"最大的砖雕作品"；元朝、明朝时期供奉的观音菩萨等佛像，让人一走近，心就变得平静；几个名家的绘画艺术展令人惊叹不已；荷花池边盛开的荷花非常美丽，一座观音菩萨的圣像盘腿立在荷花池中，微笑而又亲切地注视着来来往往的游客；踏在"荔枝岛"的草地上，眼望着满树的鲜嫩荔枝，耳边传来古典的轻音乐，这音乐像是从草地里自然发出来的，又像是从空中飘飞过来，听着使人心灵顿觉宁静。荔枝树的旁边是弯弯的小湖，一只船儿随着轻轻的音乐慢悠悠地驶来；午饭过后，我忽然听到美妙的粤剧唱腔，于是便循声而去，只见座落在湖泊中间的楼阁里，有两个女子在唱粤剧，下面坐着一群休闲的老人，一边品茶一边听粤剧，高雅的情调和氛围尽在其中，我陶醉在那种氛围里，实在是享受之极；园内还有三十来座颇具特色的石桥，古典特色的长廊、金鱼湖泊错落有致，还有一个可以让你自由下水抓鱼的地方，这倒吸引了不少人，游客纷纷下水捉鱼，有静有动，不亦乐乎，还有陶塑、瓷塑、石刻、木雕等艺术品琳琅满目……

四天时间，花费近 6000 元。儿子说："享受是需要付出代价的。"

婆婆说："攒钱难，花钱易，要是我，别人请我也不去。"

我默然而笑。

绝对封存

好久了，没有了写作的冲动与激情，于是便将自己整个的封存。其实喜欢旅游和去乡村游玩，一个最主要的原因就是外出和乡村总能给我写作的灵感。而如今，办公室和家里两点一线的生活使我的灵感几近枯竭。找不到写作的灵感时，我不会随便写文章，我就把自己抛进书海。阅读于我实在是快乐之至，如果说写东西是一种情绪倾泄的过程，那么阅读则是一种纯粹的快乐，一种心灵获得巨大满足的快乐。

读了好些作家的书，他们的思想慢慢地变成了我的思想。读著名作家周国平的书，感叹于他的才情。只叹自己怎么这么晚才知道他。喜欢上了林语堂的文字，他的作品精选让人回味无穷，其思想精髓还需慢慢品味；我读泰戈尔、读纪伯伦、读徐志摩、读毕淑敏、读郁达夫等，徐志摩的胸膛里每时每刻都像是燃着一团火。

在所有的作家里，我心里始终有个卢梭，只是在书店里我找了几次也没找到他的书。上次培训的间隙跑到长沙最大的书城一下买了两大袋书，居然好多本是周国平的书。我买书的速度是惊人的，大凡一本书拿在手里，我只要翻一下看一行字就知道这本书是不是我所要的，爱书的人都会练就这一本领。书使平凡的我成了自己精神上的富翁，我把阅读当作是我永不干枯的快乐之源。

关起我的小屋门，就这样在一本本的书里沉淀，绝对封存，那也只是一种表象，天知道我的心灵飞向了何方。我忘我地读着自己钟爱的书。一度我被所谓的职称专业书困了好多年，也许不久的将来我又要开始重新拾起那些资料。因为工作的需要，因为生存的需要，我没有选择。

在读书过程中，我了解到了这样一件事。就是钱种书的妻子杨绛在《我们仨》一书的最末写道："我清醒地看到以前当作我们家的寓所，只是旅途上的客栈而已。家在哪里，我不知道，我还在寻觅归途。"脑海里反反复复念着这句话，想着杨绛在两年内同时失去了自己的女儿和丈夫，而只剩下她一人，设身处地细品那种凄美和孤寂，感觉人世间的芸芸众生最终都是孤独的，家到底在哪里……

无悔绿色年华

我常常问自己，为什么经历了14年的读书时光13年的工作生涯都不及三年当兵的岁月在我心中留下的印象深刻？我也问过同样服役的老兵，他们都不语，只是沉默地微笑。

是的，这是一种最真实、最深沉的感情，它就一直珍藏在我的记忆里。起初不知道，退伍还乡参加工作十几年后，岁月却主动帮自己筛下来，在一大堆繁杂里，一遍遍地清洗、过滤，最后沉淀成一粒沙子，那么沉、那么重的压在我心底的海洋里。

你看得到我的心吗？我的心就像那澄清的明月，高悬在蓝蓝的天空，明月里藏着丰富多姿的宝贝。

我文弱的外表不可能使别人猜想到我曾经当过兵，可我曾经真的是一个女兵。

我终生是一个兵，因为太刻骨铭心了。我要弄清楚原因，到底是什么力量让那只有三年的时光却在我的生命里如此刻骨？

我翻看了那时写的日记，青春似乎一下子回到了眼前……

我仿佛又听到了《打靶归来》的歌声，《战友之歌》的深情，那首《战友别想家》回荡在学习室时那轻轻擦拭眼泪的场景，还有那首军营里我们女兵最爱唱的歌——《兰花草》，成了青春的我们对未来生活的美好向往。你听，

"我从山中来，带着兰花草，种在小园中，希望花开早，一日看三回，看得花时落……"多美的旋律呢！胡适先生一定没有想到由他作词的这首经典名歌已经融入了 12 个女兵军营生活的点点滴滴，它成了我们难以忘记的记忆的象征。

"姐妹们，来信了，快来啊……"一听到信由邮递员带过来了，大家蜂拥而至，像一只只快乐的小燕子欢呼雀跃起来。可是我有几个月没有收到信了，从大学转到军营，没有人知道我到底去了哪里，我失去了与所有同学朋友的联系。看到其他战友阅读来信的欣慰，我哭了，大声地哭着，当着她们的面无所顾忌地哭着，好像要把我刚来部队里的一切不适应和受的一切委屈全都哭出来。几个月没有一封信，我几乎有些崩溃，后来才知道我朋友的来信都寄到我读书的大学里去了。这样的记忆，叫我如何忘记！

在风雨中练习瞄靶两个星期了，正式去靶场打靶，要考试呢。

一身绿军装，潮湿的空气，宽阔靶场被一座座雄伟浓绿的山峰环绕，枪声一响，震耳欲聋，我呆住了。随着教官严厉的一声"卧倒"，战友们立刻匍匐在一滩泥水的靶场随时准备扣动扳机，她们沉着冷静地扣动了扳机，打出了属于她们辛苦训练之后的成绩。

我胆子小，不敢卧倒，不敢扣动扳机，只是呆立在那里，泪水大颗大颗地往下掉。

最后由两个连长，一人站一边守着我，鼓励我："枪是对着前面打，又不是对着你打，你怕什么？""你现在是一个兵，不是大学生啦，是兵就要坚强勇敢，就要听从命令服从指挥。"

我豁出去了，扣动了人生中的第一枪，我接连打了五发子弹，成绩过关了。我的一个老乡战友没打好，回到营房，哭得很伤心，后来她非常勤奋，在军区打靶比赛中还得了好名次。

最值得记忆的还要数拉练。

　　每年两次 120 公里野外拉练，肩背挎包、水壶还有枪，从山村走向田野，再从泥泞的道路走向平原山地。路途中的风景好美啊，清新怡人的田园气息，高大夺目的树林，路边有小小的碎花点缀着绿绿的青草，纯朴善良的村民用那憨厚崇敬的神态注视着我们。

　　那一刻，我感到无比的兴奋和自豪——我是一名穿着绿军装的女战士呢！部队在一片宽阔的平地里休息时，我在土地里走着，那土地被收拾得平整、干净，我还看到了农民们的收获——土豆，一个个好大，一个老农正在自搭的棚子里忙乎着，我贴近着平实的土地，心中有无限感慨。接近土地，就接近了自己的心脏，我是如此踏实，拉练所带给我的身体上的一切不适在一大片土地面前完全被消解了。那片土地在十多年之后的今天还依然鲜活地映现在我的脑海里，成了我又一个永恒的记忆。

　　拉练需要两天两夜呢。部队又开始出发了。哦，走不动了，实在……把腰间的皮带解下来，让战友梁又香牵着我、拖着我走，我又同时牵着别的战友。"不要掉队，要跟上队伍。"每个人心里都有这个信念。脚步越来越沉重，而且还有难忍的疼痛。口干却没水喝，分发的干粮也没有了，实在撑不下去了，有几次还差点滑进了山沟……是战友，是我的好战友小黄又帮了我一把，她卸下了我的背包扛在了自己的身上。

　　夜幕降临了，我们自己动手搭帐篷，睡在野外，四周都是坟墓，我刻骨铭心。帐篷里用雨衣当床铺，有蚊子还有吓人的毛毛虫。停下来，这时才发现每个人的脚底都磨出了一个又一个好大好大的血泡，根本触摸不得。没有掉眼泪，因为明天还有任务，还要赶路。这是军区让我们适应野外作战训练，师长到帐篷里来看我们了，一脸的微笑和不住地夸奖——大队伍啊，一万多个人，只有12 个女兵。我们没有向男兵低头，我们还是坚强的。

　　两天两夜，我们饱尝了野外迷人的风景，也让自己整个身躯处于近乎崩溃状态。终于回来了，躺在床上，个个却下不了床，吃饭都没办法走下去吃了。晚上躺在黑夜里，开始听到有人在抽泣，身上好疼呢！

1995 年，八一建军节。我们 12 个女兵一起排练了一个小品，我在里面扮演范沙沙，算是一个主角。小品情节大致是：有一天，我一个人偷偷溜出去了，晚上班长召开批评大会。班长严厉地不留一点情面地批评了我，其他的十个女兵你一句我一句对我横加指责。我哭了，很伤心。而有一个知情的女兵忍不住说出了实情，终于我在一片《让世界充满爱》的歌声中对着台下的观众深情地道出了心里话："班长为了我们，吃不好，睡不好，有时胃痛得厉害，还要带我们训练。我看在眼里，急在心里，于是便偷偷溜出去帮班长买胃药……我记得演出时，我真的流下了眼泪，台下一万多官兵也哭了……

那是纯洁的心里没有一点瑕疵的年龄。

我们更加紧密地团结在一起了。第一年，平安无事的过去了，第二年过了大半的时候，我们迎来了真正意义上的"灾难"。当时上面说我们女兵严重超指标，要减退大半人员回去。一下子，平静的湖水泛起了浩瀚的波浪。于是我们中有的女兵想尽办法调到深圳去了，有的调到广州军区去了，有的到衡阳，有的到……我原地没动。我第一次真正体会到了什么叫"各奔东西"。战友分别的时候，我们紧紧相拥，泣不成声。此后，我再也没有见到我的那些调走的战友们。

回想起这一切，那些用汗水与泪水串连起来的军营里的日日夜夜，又怎是其他的岁月能够相比？那种特殊的环境带给我了特殊的记忆，就像一颗明珠镶嵌在我生命里，一直闪耀着青春之光。

思念的疼

老师去年离开了这个世界。

最近，我对老师的思念越发猛烈，思念好苦。苦到骨髓，见不到底。这是我始料不及的。

我对老师的思念，好似有一个约定，以前，每隔一段时间，在繁忙的工作生活之余，我就特别想听到老师的声音。那时，我总会打电话过去，听下老师的声音，如此这般，才能安心。如今，我再也听不到老师的声音了，只有如水的思念撕扯着我的心。

老师比我大12岁，我们同一个属相。她像大姐，又像妈妈，对我的教导与爱，丝丝入扣。

我们有过难忘的回忆。

记得有一次，我们约定去广州茂名。她早就到了那里。我独自一人从小城出发，坐大巴车去广州。可是，我只知道坐车去广州，却没有细想广州会有那么大，不知道我下车点距离我要去的目的地还很远，而且还要转车。老师开始很着急，从她的电话里，我分明感觉到了她深深的担忧。她说，你一个人，又是一个女子，并且坐车到深夜。夜晚十一点多，老师亲自找了一辆车来接我。从她出发地到下车的地方路程还有一个小时。当我下车，老师在人群里找到我时，她紧紧抓住我的手，一直抓着，好久好久也没有松开。好像，我是一个丢失了很久的孩子，终于被她找回来了。这十几个小时的担忧，终于可以让她松口气。我永远记住了老师紧紧握着我手的那一刻。

还有一次，去云南朝拜梅里雪山。中途，我有了高原反应。老师赶紧给我吃缓解高原反应的药，还安排人给我按摩。晚上，用精油为我擦脚。梅里雪山太美了。住在山脚下，一大早起来，我就背着相机向着那片美丽的云彩奔跑，不料，被老师看见，老师大声喊我，我应了一声，没有回头，继续向前奔跑。回来之后，老师教导我"老师喊你时，你要跑回来，问老师，有什么事。"这句话，也深深印在了我的脑海里。

山下的村民自己做的大饼太好吃了。老师要我买了好多，在徒步途中分享给同伴。路上看到有卖水果的，老师也让我买了些，去分享给他人。我学会了多分享，这是老师教导的。徒步中，我看到路边还有卖木头的。这下，我的心可欢快了。因为，我爱这些。我像小孩发现了宝贝一样，执意要买几个回家。同伴们很不解，买木头回去干嘛？似乎觉得我很好笑。老师轻轻问我，为什么要买这个。我说，我喜欢木头，买回家，一个放在办公室，一个放在家里，这样，我就是坐在四面白墙的水泥房屋里也能闻到大自然的气息。老师点了点头，我想她一定是看到了我那颗晶莹剔透的质朴的童心。

难忘的记忆，很多，很珍贵。

老师，我们之间隔着空气，隔着阳光，隔着一条条道路，水上的，陆地上的……此刻，你是否能够知道我内心深处如月亮般清明的思念？